Sarah Eile

Aled Islwyn

Diarmuid Johnson
a d'aistrigh

Cló Iar-Chonnachta
Indreabhán
Conamara

An chéad chló i nGaeilge 2005
© Cló Iar-Chonnachta Teo. 2005

ISBN 1 902420 96 9

Is leagan Gaeilge é seo den leabhar Breatnaise *Sarah Arall* le hAled Islwyn (1980), foilsithe ag Dref Wen, Yr Eglwys Newydd, Caerdydd, An Bhreatain Bheag.

Dearadh clúdaigh: Creative Laundry
Dearadh: Foireann CIC

Tugann Bord na Leabhar Gaeilge tacaíocht
airgid do Chló Iar-Chonnachta

Bord na
Leabhar
Gaeilge

Faigheann Cló Iar-Chonnachta cabhair
airgid ón gComhairle Ealaíon

Clóchur: Cló Iar-Chonnachta, Indreabhán, Conamara
Teil: 091-593307 **Facs:** 091-593362 **r-phost:** cic@iol.ie
Priontáil: Clódóirí Lurgan, Indreabhán, Conamara
Teil: 091-593251/593157

Caibidil 1

'A Sara,' arsa an mháthair de bhéic ag bun an staighre, 'tá an bricfeasta ar an mbord le fada. An bhfuil tú ag teacht?'

'Táim,' arsa Sara, á freagairt. Ach is beag fonn a bhí ar Sara teacht. Ag cur uirthi a cuid éadaigh a bhí sí, í ina suí os comhair an scátháin, agus í ag cíoradh a cuid gruaige duibhe.

Síos an staighre léi gan deifir agus anonn chuig an mbord cois na fuinneoige. Bhí solas an tsamhraidh agus aer úr na háite ag leathadh isteach timpeall uirthi. Chuir sí strainc uirthi féin nuair a chonaic sí an bia.

'Bí ag ithe, as ucht Dé,' arsa a máthair. Bhí sise ina suí ag an mbord cheana, crústa tósta ar a pláta, agus an caifé ag fuarú sa mhuigín.

Shuigh Sara síos. Bhrúigh sí a cuid gruaige siar as a súile. Rinne sí casacht. Thug sí léi píosa tósta.

'An mbeidh bricfeasta friochta agat? Bagún agus ubh?'

'Ní bheidh, go raibh maith agat, a Mham.'

'Ith do dhóthain, mar sin, a stór. Ag piocadh mar a bheadh éinín a bhíonn tú. Ach tá cuma i bhfad níos fearr ag teacht ort. Fós féin, níl a fhios agam céard is fiú an samhradh a chaitheamh san áit seo. Síleann Daid go ndéanfaidh aer na tuaithe an-leas duit. Déanfaidh tú dearmad ar an áit eile sin, b'fhéidir.'

Ní raibh Sara ag iarraidh a bheith i Ros na gCaorach ach oiread. Bhí a cuid cairde i bhfad uaithi i mBaile Átha Cliath. Agus ní raibh aon rud le déanamh san áit seo.

'Céard a dhéanfaidh muid inniu?' arsa Sara.

'Déanfaidh mé braon eile caifé. Tá sé seo fuaraithe orm.' Is annamh a d'fhreagraíodh an mháthair ceist. Isteach léi sa chistin. Lean súil Sara í go leisciúil.

'Céard a dhéanfaidh muid inniu?'

'Ná bí ag fógairt orm mar sin, a stór,' arsa an mháthair aníos ón gcistin. 'Ní bodhar atá mé.'

'Ach níl aon rud le déanamh sa pholl seo,' arsa Sara go crosta.

'Tá an t-ádh linn gur fhág Mamó an teach saoire seo againn. Bíonn sé ligthe ar cíos sa samhradh go hiondúil. Tá Daid gan cíos na háite i mbliana ar mhaithe le do shláintese. Nach bhfuil an carr againn leis an gceantar a fheiceáil? Tá neart rudaí spéisiúla le feiceáil, Gaillimh agus an Clochán, mar shampla. Agus tá tír álainn le feiceáil thart timpeall orainn. Deir Daid go gcuirfidh seal san áit seo feabhas ort.'

'Is cuma liom faoin tír álainn.'

D'éirigh Sara ina seasamh, agus chrom sí os cionn an bhoird le breathnú go tuirseach ar na crainn. Bhí crainn timpeall an ospidéil freisin. Crainn mhóra taobh amuigh agus plandaí rubair taobh istigh. An áit plúchta leo.

Amach leis an máthair ón gcistin agus pota caifé úir aici.

'Tá airde ag teacht ionat le cúpla mí anuas. An iomarca, sílim. Nach ndúirt mé leis an dochtúir é. Mo dhuine, cén t-ainm a bhí air? Fear deas agus gruaig chatach air. Súile dorcha. Bhíodh sé an-deas liom féin agus le Daid nuair a thagadh muid ar cuairt. Dúirt mise leis go dtagann airde sna gasúir agus iad óg sa lá atá inniu ann. Bí i do shuí, a stór. Tá caifé déanta agam.'

Shuigh Sara síos go mall. Ach bhí a hamharc fós ar na crainn agus ar an ngarraí beag a bhí os comhair an tí. Bhí ceol na n-éan ag líonadh a dhá cluais. Agus ní raibh sé an-mhoch. Ní do na héin. Ach bhí sise mall ag éirí. Mar gheall go raibh sí ar saoire. Saoire fhada. Ise agus Mam i Ros na gCaorach ar feadh an tsamhraidh. Imirt chártaí, agus teilifís lá báistí. Sciuird sa charr dá mbeadh an lá go breá. Ní raibh caite ach seachtain. Seachtain fhada, leamh.

'An ólfaidh tú caifé?'

'Níl mé ag iarraidh aon *flippin'* caifé.'

'Mo náire thú, a Sara. Ní ceart labhairt le do mháthair mar sin. Tá tú sé bliana déag. Cailín mór thú, ba cheart go mbeadh múineadh ort. Beidh cupán agam féin, ar aon nós.'

Líon sí a cupán leis an gcaifé te. D'éirigh sí, agus thug sí léi a cuid toitíní ón matal. Dhearg sí ceann, agus ar ais léi chuig an mbord.

'Níl aon mhaith pus a chur ort féin, a leanbh.'

'Níl aon phus orm. Níl aon phus orm. Níl mé ag iarraidh caifé, sin an méid.'

'Ceart go leor. Ná bac leis, mar sin.' Agus bhain an mháthair gal as an toitín go mífhoighdeach.

Ní fada gur labhair an mháthair arís: 'An ngabhfá síos chuig an siopa dom leis an bpáipéar a fháil? Maith an cailín, síos leat. Sin é is measa san áit seo. Is mór an jab an páipéar féin a fháil.'

Ach níor fhreagair Sara í. Bhí a cuid smaointe ar fán i

measc na gcrann agus na nduilleog. Iad á ndó ag tine chaordhearg na gréine i ngloine na fuinneoige. Agus rith sé léi gurbh fhéidir gur rud mar sin a chonaic Maois sa Bhíobla. Agus an ghrian sna sceacha, cheapfá go raibh siad trí thine.

'Tabhair freagra orm, a Sara. Ar mhaith leat dul síos chuig an siopa? Níl cuid an dreoilín ite agat, go bhfóire Dia orainn.'

'An siúladh Mamó síos chuig an siopa fadó ag iarraidh an pháipéir?'

'Níl a fhios agam, a Sara. Is dócha gur ann a cheannaíodh sí rudaí. Ach níl a fhios agam an gceannaíodh sí an páipéar. Caithfidh tú ceist a chur ar d'athair.'

'Dá mbeadh Mamó beo, ní chaithfeá féin a bheith anseo ar chor ar bith, nach fíor dom? D'fhéadfadh Mamó aire a thabhairt dom, agus d'fhanfása i mBaile Átha Cliath.'

'Stop, muis. Bhí aois mhór ar Mhamó. Is beag cuimhne atá agat uirthi.'

'An bhféadfadh muid dul chuig an reilig ar cuairt chuig an uaigh?' arsa Sara go díograiseach. 'Le do thoil, a Mham, ní raibh muid ar cuairt chuig an uaigh ar chor ar bith fós.'

Mhúch an mháthair an stumpa toitín sa luaithreadán créafóige ar an mbord sular labhair sí arís go drogallach. 'Tá go maith. Rachaidh muid ann lá éigin. Ach níl a fhios agam ó Dhia cén fáth a bhfuil tú ag iarraidh an uaigh a fheiceáil. Níl mé róchinnte cén áit den reilig a bhfuil sí curtha, fiú.'

'Bíonn Máire an tSiopa ag caint ar Mhamó. Is cuimhin léi go maith í.'

'Is dócha gur cuimhin.'

'Ní raibh sí chomh sean sin nuair a cailleadh í. Ach níor thug duine ar bith aire di.'

'Seachain an dtabharfá aird ar Mháire an tSiopa. Agus ná lig di thú a cheistiú faoi Dhaid ná fúmsa. Is beag a bhíonn le déanamh ag cuid de na daoine san áit seo ach cúlchaint faoi chéile,' arsa an mháthair go tur.

Bhreathnaigh Sara ar a máthair agus iontas uirthi. Thaitin Máire an tSiopa léi. Bhí a cuid gruaige mar a bheadh coca féir agus an dá chluais ag gobadh amach.

'Tá mise ag dul chuig an siopa.'

'Gabhfaidh tú ann nuair a bheidh na soithí nite againn.'

'Ní rachaidh,' arsa Sara go crosta, 'tá mé ag dul ann anois díreach.'

D'éirigh sí go tobann agus is beag nár leag sí an chathaoir. Suas staighre léi de rúid. Bhí Sara sásta gur aici féin a bhí an seomra a raibh seantroscán Mhamó ann. Scuab sí a cuid gruaige go cúramach. Thug sí spléachadh uirthi féin sa scáthán. Ní fhéadfadh sí a rá go raibh sí go hálainn. Bhí baithis ard uirthi, agus bhí na liopaí tiubh go leor. Bhí airde ag teacht inti freisin. Bhí an ceart ag Mam!

Bhí an dá ghualainn an-díreach. Agus an dá chíoch líonta ag brú ar a léine go míchompordach.

'Ní fhágfaidh tú na soithí fúmsa,' arsa an mháthair ag bun an staighre, í míshásta.

Níor cheart di iad a fhágáil faoina máthair. Bhí Mam i gcónaí ag súil leis go ndéanfadh sí rud éigin le cabhrú léi. Ach is obair leamh a bhí sa níochán soithí.

'Tá mé ag dul amach.'

Bheadh suaimhneas anois aici. Bhí daoine an-deas ar an gcaoi sin. Ní chuirfeadh aon duine brú uirthi. Bhí Sara tinn. Bhí a fhios ag an saol é sin.

* * *

'Cén chaoi a bhfuil Sara ar maidin?' arsa Máire an tSiopa agus Sara ag dul isteach sa siopa.

'Thar barr, go raibh maith agat,' arsa sí go hardnósach.

Bhí fainic curtha ag a máthair uirthi gan an iomarca a rá le muintir na háite. Sheas sí sa doras ag breathnú go drochmheasúil ar na rudaí a bhí ar díol. Bhí an áit sách lom, agus seanfhaiseanta. Ní ó thaobh an bhia de, ar ndóigh. Ach an leagan amach. Seilfeanna dorcha adhmaid cosúil le hadhmad an tséipéil. An cabhantar adhmaid agus é lioctha. Sin mar a bhí an troscán sa seanteach ag Mamó. Nuair a fuair sí bás, ba ghearr gur chuir Mam agus Daid rudaí nua isteach. 'Caithfidh muid cuma níos nua-aoisí a chur ar an áit seo, a Frank,' a dúirt an mháthair.

'Cén chaoi a bhfuil do mháthair inniu?' arsa Máire an tSiopa go briosc.

Bhreathnaigh Sara uirthi go dána agus d'imigh an straois de bhéal na mná.

'Tá sí thar cionn ar fad,' arsa Sara go bríomhar, agus isteach léi chomh fada leis an gcabhantar. D'imigh an faobhar de ghlór Mháire an tSiopa, agus rinne an púdar línte beaga ar a héadan nuair a leath an straois uirthi arís.

'Tá sibh anseo le seachtain, bail ó Dhia oraibh.'

'Tá. Beidh muid ann ar feadh an tsamhraidh. Mé féin agus Mam.'

'Agus cén chaoi a bhfuil d'athair? Ag obair leis i mBaile Átha Cliath, ar ndóigh? Fear deas é. Is cuimhin liomsa nuair a bhí sé ina bhuachaill óg. Níl mórán blianta eadrainn, bíodh a fhios agat.'

Bhuail an seanchlog os cionn an dorais. Chas Sara timpeall, agus chonaic sí fear óg ag teacht isteach sa siopa. Bhí mullach catach gruaige air. Gruaig ghearr a chleacht na

fir óga i mBaile Átha Cliath. Scéal eile a bhí anseo.
Bhreathnaigh an fear óg í ó bhonn go baithis go mion.
Rinne sise an rud céanna leis-sean, ach ní raibh a fhios aici
cén fáth. Sheas Sara i leataobh san áit a raibh na milseáin.
'Coinnigh ort,' ar sé.
'Níl aon deifir orm,' arsa Sara. Chuir sí canúint na háite
uirthi féin le hiontas a chur ar Mháire an tSiopa ach níor
thug Máire an tSiopa faoi deara é.
'Céard atá uait?' arsa Máire an tSiopa léi.
'Is cuma liom má théann sé seo romham,' arsa Sara go
postúil.
'Fiche *Major*,' arsa mo dhuine. Bhí mífhoighid air. Thug
Máire an tSiopa na toitíní dó.
'An páipéar', arsa Sara. Thug sí léi cóip den *Independent*
ón gciseán le taobh an chabhantair.
'Aon cheo eile?' arsa Máire an tSiopa.
'Ní bheidh,' arsa Sara agus chuir sí meangadh mór gáire
go fuinneog agus go doras uirthi féin. 'Slán anois.'
Bhrostaigh sí uirthi. Amach léi de léim. Bhain sí ceol as
an seanchlog arís ar an mbealach amach. Ghortaigh solas
na gréine a súile ar an tsráid. Bhí sé ina shamhradh, agus
bhí Conamara faoi bhláth tar éis na báistí.
Bhí méaracán an phúca ag fás go torthúil, dearg ar an
gclaí, áit a raibh an bóithrín le dul suas tigh Mhamó. Bhain
Sara ceann de na bláthanna, agus chas sí faoina méar é de
réir mar a bhí sí ag siúl léi go mall i lár an bhóthair. Bhí an
ghrian rógheal di agus an spéir mar a bheadh braillín ag
triomú os cionn na talún.
'Fan nóiméad!'
Cé a bhí in aice léi ach an fear óg a chonaic sí sa siopa ar
ball. Sheas sí.

'Tá brón orm má bhain mé geit asat. Shíl mé go bhféadfadh muid siúl le chéile, mura miste leat.'

Bhreathnaigh Sara air.

'Is cuma liom.'

'Strainséir anseo thú, ab ea?'

'Tá mé ag fanacht sa seanteach a bhí ag mo Mhamó. Tá sé tuairim is míle suas an bóthar.'

'Ó. Tuigim anois. Teach saoire é.'

'Is le m'athair é.'

'Muise!' Rinne an fear óg gáire.

'Cá bhfuil tusa i do chónaí?'

'Ard Mór.'

'Cá bhfuil sé sin?'

'Tá sé ar an sliabh. Má choinníonn tú ort míle eile ó do theachsa.'

'Chuala mé go mbíonn daoine ag ól thuas ansin san oíche.'

'Níl ansin ach bladar. Mise Gearóid.'

'Ó!'

Bhain Gearóid an bláth dá láimh go mall.

'Cén t-ainm atá ortsa?'

'Sara.'

'Ní Sarah Seoighe, tá súil agam.'

'Cé hí Sarah Seoighe?'

'Cailín a bhí anseo fadó riamh. Cailleadh leis an ocras í. Shiúladh sí an bealach seo. Féach. Gabh i leith!'

Chaith Gearóid léim suas ar an móta, agus bhreathnaigh sé síos uaidh sa ghleann. Suas le Sara ina dhiaidh.

'Céard atá thíos ann?'

'Gleann Buí. An áit a raibh sí ina cónaí. An áit ar cailleadh í. Síos ansin atá sé. Tá sé i bhfolach sna sceacha.'

Ní raibh mórán eolais ag Sara ar an gceantar, agus ní raibh a fhios aici an ag insint na fírinne a bhí sé.

Chaith sí léim anuas den mhóta.

'Cén chaoi ar cailleadh í, a deir tú?'

'Leis an ocras. Rud simplí go leor, nach é? Mar a bheadh carr nach gcorróidh duit gan peitreal inti.'

'Éist! An gcloiseann tú na héin?'

Sheas an bheirt go socair ag breathnú suas ar na préacháin ag dul thart. Iad cosúil le hurchair dhubha.

'Ar choinnigh siad an bia uaithi?' arsa Sara. Bhí sí ar bís. Bhí iontas ar Ghearóid faoin gcasadh a bhain sí as an gcaint.

'Bhí bia ann ach ní íosfadh sí greim. An t-ocras ag géarú chuile lá. Agus pianta an ocrais ag géarú chuile nóiméad, lá i ndiaidh lae, bí cinnte. Ach níor ith sí aon rud agus cailleadh í.'

Bhí tocht ar Sara. Chuaigh sí anonn chuig an gclaí, agus bhain sí bláth. Ceann gorm. É lag.

'Bhí sí ag ligean uirthi ar feadh bliana go leith roimhe sin nach raibh sí ag ithe aon rud,' arsa Gearóid. 'Diabhal blas ar bith.'

'Míorúilt?'

'Sin é a shíl go leor. Tháinig siad ó chuile áit ag breathnú uirthi. Ar an traein go dtí an Teach Dóite. Daoine móra le rá iad cuid acu.'

'San áit seo?' arsa Sara agus iontas an domhain uirthi. Ní cheapfá go dtiocfadh duine ar bith go Ros na gCaorach.

'Cén aois a bhí sí?'

Bhí sí thuas ar an gclaí arís, ag breathnú síos sa ghleann. Ní raibh teach ar bith le feiceáil thíos ann.

'Níl a fhios agam. Dhá bhliain déag, b'fhéidir.'

'I bhfad níos óige ná mise,' arsa Sara go bródúil. Síos léi

13

de léim arís, ach bhí dris mhór ag fás idir claí agus bóthar, agus chuaigh a cois i bhfastó ann. Lig sí mallacht aisti.

'An bhfuil tú gearrtha?' arsa Gearóid agus é ag cromadh le scrúdú a dhéanamh ar an gcois. Bhí scríob ar an gcois ach ba bheag eile.

'Mairfidh tú, muis,' arsa sé ar nós cuma liom, agus scaoil sé a ghreim ar a cois.

Chaith Sara an bláth ar an gclaí le súil is go mbéarfadh an dris air. Le súil is go scríobfaí is go gcéasfaí é mar bhláth gan mhaith.

'Mairfidh, déarfainn,' arsa sí faoi dheireadh, agus bhreathnaigh ar an bhfear óg. 'Mairfidh mé píosa. Ní mise Sarah Seoighe. Ainm seafóideach.'

Ó tharla gan bláth le caitheamh ar an gclaí aici go drochmheasúil, bhain sí croitheadh as a cloigeann lena cuid gruaige a chasadh siar.

'Meas tú an raibh sí dathúil?'

'Níl a fhios agam,' arsa Gearóid ar nós cuma liom, agus gan iontas ar bith air faoin gceist.

'An raibh a máthair dathúil?'

'Níl a fhios agam.'

'Déarfainn go raibh.'

'An bhfuil do mháthairse dathúil?' arsa Gearóid go magúil.

'Ní hí an mháthair atá i gceist agam,' arsa Sara, agus iontas uirthi faoin míthuiscint amaideach.

'Ach an iníon. Tá mé cinnte gur cailín dathúil a bhí inti.'

'Leathchraiceáilte a bhí sise, cheapfainn féin.'

'Ní raibh ocras uirthi. Sin é an méid. Ní rud ait é sin. Tá daoine ann nach mian leo troid. Daoine eile nach mian leo pósadh. Cén fáth a mbeadh locht ar an té nach mian leis ithe?'

'Níor mhaith liomsa a leithéid a dhéanamh,' arsa Gearóid.

'Chuir an bia múisc uirthi.'

'Bíonn daoine leathchraiceáilte mar sin ann i gcónaí faoin tuath.'

'Rud é a bhíonn sa bhia, is dócha,' arsa Sara, agus rinne Gearóid gáire, mar shíl sé gur ag magadh a bhí sí.

Ach sheas Sara go tobann i lár an bhóthair ag breathnú suas ar ghéaga glasa na gcrann. Bhí an ghrian ag scaladh tríothu. Lean sí uirthi ag stánadh nó gur imigh an neart as gach ball dá colainn. Faoi dheireadh, thit an páipéar nuachta a bhí faoi ascaill aici ar an talamh. Thóg Gearóid an páipéar, agus d'fhill sé é sular shín sé chuici é. Thóg sise uaidh é, agus tharraing sí buille leis trasna an éadain air.

'Sin ceacht duit as breith ar mo chois ar ball chomh dána sin,' arsa Sara go borb.

Bhain sin stangadh as Gearóid.

'Tá mise ag imeacht anois,' arsa sé, agus shiúil sé i dtreo an gheata adhmaid. 'Trasna na ngarranta.'

'Abhaile, ab ea?'

'Ní hea. Ach síos chuig an bhfeirm sin. Bím ag cuidiú leo thíos ansin nuair a bhíonn rudaí beaga le déanamh.'

'Airgead pórtair.'

'Rud éigin mar sin.'

'Go n-éirí leat,' arsa Sara agus í ag tabhairt aghaidhe ar an mbóthar.

'Fan!' arsa Gearóid de bhéic ina diaidh.

'Céard é?'

Bhí sé ar intinn ag Gearóid rud gáirsiúil a rá léi, ach chuimhnigh sé air féin. Chuaigh sé thar an gclaí agus ar aghaidh leis síos an garraí. Lean Sara uirthi. Bhí ard leis an mbóthar san áit a raibh sí. Shiúil Sarah Seoighe an bóthar seo, a dúirt sí léi féin. Bhí lorg a cos sna garranta fós. Bhí boladh a cuid anála ar an ngaoth. A hanam ag neadú idir na crainn agus an claí. Agus bhí míthuiscint mar gheall uirthi beo sa cheantar i gcónaí. Níor deineadh dearmad ar an Sarah sin go háitiúil. Ach bhí Sarah eile ann anois.

Caibidil 2

Nuair a tháinig Sara ar ais chuig an teach, bhí a máthair ina suí sa gharraí. Bhí píosa soilire aici i láimh amháin, úll sa láimh eile, agus leabhar ar a glúin

'Bhí tú i bhfad,' arsa sí lena hiníon.

'Casadh duine dom. Bhí muid ag caint.'

'Is dána an cailín thú,' arsa an mháthair go réidh, agus bhain sí plaic as an soilire. Fuaim ghránna a bhí ann.

Bhreathnaigh Sara i leataobh óna máthair go bhfaca sí na beithígh ag fosaíocht i ngarraí i bhfad uaithi. B'fhéidir gur le feirm Ghearóid na beithígh chéanna. Shíl sí nach é an cineál duine é a chuideodh leis an mbleán. Ach dhéanfadh sé jab maith de bhaint an fhéir, is dócha.

'An cailín dána a bhí i Sarah Seoighe?'

'Cé hí sin?'

Bhí an mháthair ag iarraidh a bheith ag léamh, ach bhí solas na gréine ag cur as di.

'Is cuma. Bhí sí ina cónaí thart anseo ach cailleadh fadó í.'

'Bhuel, má cailleadh muis, nach cuma fúithi? Tá mé ag iarraidh dul chuig an gCeathrú Nua tráthnóna le cúpla rud a fháil. Ceart go leor?'

'Ceart go leor,' arsa Sara. Ach ansin chuimhnigh sí uirthi

féin. Níor thaitin an Cheathrú Nua léi mar áit. Chuaigh sí ann lena hathair le socruithe shochraid Mhamó a dhéanamh. Ní raibh inti ach cailín beag an t-am sin, ach ba chuimhin léi a hathair ag plé an scéil le fear an eileatraim. An tsáraíocht faoin bpraghas. Chuir sin déistin uirthi, mar bhí sí mór le Mamó, fiú más beag aithne a bhí aici uirthi. B'ionann smaoineamh ar a sochraid agus smaoineamh ar sheandearcán a chur sa talamh. Fios nach bhfásfadh crann. Dearcán gan sliocht. Dearcán gan dair.

Ní raibh aon rud spéisiúil sa Cheathrú Nua. Tithe ar bheagán cuma agus daoine ar bheagán nádúir. Nuair a bhuail siad bóthar tráthnóna, shuigh Sara in aice lena máthair agus pus mór uirthi. Ach ba ghearr go bhfaca siad fear óg le taobh an bhóthair agus a ordóg sínte amach.

'Stop, a Mham, stop,' arsa Sara de bhéic, 'sin é Gearóid!'

'Céard a deir tú?'

'Sin é Gearóid. Tá aithne agam air. Caithfidh muid síob a thabhairt dó.'

Bhí Sara ag dul in aer, agus rug sí ar an roth stiúrtha. Thóg an carr an dá thaobh ó chlaí go claí, agus b'éigean don mháthair brú ar na coscáin. Sular fhéad sí focal milleáin a rá, bhí doras deiridh an chairr ar oscailt agus strais go cluais ar Ghearóid.

'Go raibh míle maith agaibh,' arsa sé. 'Cén chaoi a bhfuil tú ó shin?'

Shuigh sé síos go sásta agus chas Sara timpeall go fuinniúil le fáilte a chur roimhe.

'Seo í mo Mham. A Mham, seo é Gearóid. Tá sé ina chónaí thart anseo, nach bhfuil?'

Bheannaigh Gearóid agus an mháthair dá chéile. Thug siad féachaint ar a chéile i scáthán an tiománaí.

18

'Cá bhfuil sibh ag dul?'

'Chuig an gCeathrú Nua.'

'Is mór an trua, mar caithfidh mise dul go hUachtar Ard.'

'Céard atá in Uachtar Ard?' arsa Sara.

'Tá aonach le bheith ann inniu. Tá mé le castáil le fear ann.'

'Cé hé féin?'

'A Sara!' arsa an mháthair á stopadh, 'ná bí chomh fiosrach sin!'

Rinne Gearóid gáire. 'Royston an t-ainm atá air.'

'An bhféadfaidh muide dul go hUachtar Ard, a Mham? Le do thoil, a Mham, tá mé ag iarraidh dul go hUachtar Ard.'

'Ní fhéadfaidh muid, muis,' arsa an mháthair. 'Gheobhaidh muid a bhfuil uainn ar an gCeathrú Nua.'

'Tá mise ag dul go hUachtar Ard le Gearóid,' arsa Sara go cinnte, agus shleamhnaigh sí siar sa suíochán cúil le suí níos cóngaraí don fhear óg.

'Dia linn, a Sara, céard atá ort? Ní páiste thú, muis. Ná bí amaideach.'

Ach bhí Sara sa suíochán cúil agus í ríméadach go leor. Tharraing sí na cosa nochta thar an suíochán tosaigh ionas gur bhuail sí cic ar an díon. Bhí iontas le feiceáil ar aghaidh a máthar.

'Níor chiceáil mé thú, ar chiceáil?' arsa Sara le Gearóid.

'Níor chiceáil,' arsa sé, agus an cailín á fháscadh féin leis.

'An bhfuil muid ag dul go hUachtar Ard, mar sin?'

'Ó, tá go maith, mar sin,' arsa an mháthair go míshásta.

* * *

19

Nuair a sheas máthair Sara amach as an gcarr in Uachtar Ard, bhí cuma na hóige uirthi. Ar ndóigh, ba chúnamh di an sciorta a bhí á chaitheamh aici. Lá eile, ní fheilfeadh sciorta chomh hóigeanta sin di, ach inniu agus an ghrian ag cur aoibhnis ar an saol, bhí an sciorta ceart uirthi. Dath gorm a bhí air. É scaoilte, fairsing. Amach léi ar an gcosán, agus amach le Sara agus le Gearóid freisin.

'An bhfuil cead agamsa siúl thart le Gearóid?' arsa Sara. D'fhéach sí ar a máthair go fonóideach agus í ag cur na ceiste; ach ansin bhí náire uirthi, mar bhí gruaig a máthar ina luí go hálainn ar a guaillí, agus bhí slacht uirthi ag an sciorta.

'Níl go deimhin, a Sara. Teastaíonn do chuid cúnaimh uaim. Beidh go leor le hiompar agam. Ná himigh orm anois, nó beidh orm féin chuile shórt a dhéanamh liom féin.' Chas sí i dtreo Ghearóid. 'Thug mé a fhad seo thú, mar sin bí sásta,' arsa sí.

D'fhág an t-ógfhear slán leis an mbeirt. Bhí súile Sara greamaithe ann agus é ag éalú uathu isteach sa slua.

'Brostaigh ort, a Sara. Agus muid anseo, bheadh sé chomh maith againn ár ndóthain a cheannach ionas nach mbeidh orainn dul ag siopadóireacht arís go ceann tamaill.'

Bhí an carr faoi ghlas ag an máthair faoi seo. Chas sí síos faoin mbaile faoi dheifir, agus thug sí aghaidh ar na siopaí. Lean Sara í go mín, réidh. Bhí roinnt tithe deasa in Uachtar Ard, ach bhí bláthanna bréige san fhuinneog i gcuid acu. Bhí a máthair as alt san áit agus an sciorta gorm uirthi. Bheadh muintir an bhaile ag caint uirthi. An sciorta breá, gorm sin.

Is gearr gur tháinig siad chuig an bhfaiche, áit a raibh an margadh ar siúl. Bhí cuid mhaith earraí ar díol ann. Chuir

Sara spéis ina raibh ann, ach is sna daoine is mó a bhí a cuid spéise. Is iad a bhí glórach, cainteach. Bhí idir Ghaeilge agus Bhéarla á labhairt go líofa ann.

Is ansin a thuig sí go raibh a máthair imithe amú uirthi sa slua. Ba chuma léi. Bhí a fhios aici cá raibh an carr. Ní imeodh a máthair dá huireasa. Lean sí uirthi ón bhfaiche síos ceann de na cúlsráideanna, thar theach ósta agus amach ar bhóthar eile. Bhí idir tharracóirí, leantóirí agus eile ag dul anonn agus anall trí chéile ionas go raibh an trácht ina seasamh i lár an bhealaigh.

Rinne Sara gáire. B'ait léi oiread sin de mhuintir na tuaithe mórthimpeall uirthi. Dá bhfeicfí cuid de na feirmeoirí móra seo ag siúl na sráide i mBaile Átha Cliath, bheadh an-amhras ar dhaoine ina dtaobh. Ach tráthnóna meirbh Meithimh ina n-áit dúchais agus boladh an aonaigh ann, ba chuma leo cac bó ar a mbróga, fad a bhí na beithígh ag coinneáil airgid leis an bpóca. Daoine tíriúla, mar a déarfadh a máthair.

Bhreathnaigh sí san fhuinneog i gcuid de na siopaí. Ba léir go raibh drochmheas ag cuid de na mná ar na feirmeoirí sléibhe, cé nach raibh siad féin mórán ní b'fhearr.

'Ní féidir siopa a choinneáil faoin tuath,' sin é a dúirt a máthair go maslach uair. Is maith a thuig sise an scéal. Is i siopa tuaithe a tógadh í.

'A Ghearóid!'

Chonaic Sara ina sheasamh taobh amuigh de shiopa aráin os a comhair é. Chuaigh sí trasna an bhóthair de rúid. Shéid carr an bonnán uirthi, ach níor thug sí aird ar bith air.

'An bhfaca tú Royston? Ainm seafóideach, nach ea!'

Rinne Gearóid gáire léi go geal.

'Chonaic. Bhí mé ag caint leis ar ball beag. Bhí rud le ceannach agam uaidh.'

'Rud le ceannach?'

'Sin é a dúirt mé.'

'An maith leat rudaí milse?' Chas sí a súil leis na cácaí a bhí i bhfuinneog an tsiopa.

'Is maith. An íosfá ceann?'

Tháinig lasadh i súile Sara agus í ag glacadh leis an tairiscint. Chuaigh an bheirt isteach le haghaidh tae agus cáca breá torthaí a raibh an t-uachtar ag sileadh leis. Níor éirigh leo áit suite a fháil ar dtús, ach faoi dheireadh, d'éirigh ceathrar a bhí mór ramhar ón mboirdín beag cearnóige a bhí acu. Thug siad leo cathaoir an duine, agus shuigh siad síos ar a gcompord.

'Cá bhfuil Royston anois?' arsa Sara.

'Níl a fhios agam. Is dócha go bhfuil sé imithe abhaile.'

Tharraing Gearóid paicéad toitíní amach as a phóca agus é ag caint. Dhearg sé ceann. Chonaic Sara an deatach ag éirí óna bhéal mín, bog.

'Cá bhfuil sé ina chónaí?'

'Ar an gClochán. An dtuigeann tú anois? Nach ndúirt do mháthair leat gan a bheith chomh fiosrach sin?'

'Ní dúirt.'

'Agus céard faoin scoil? Nár cuireadh múineadh ansin ort?'

'Níor cuireadh. Ní bhím ar scoil. Bhuel, ní le bliain anuas ar aon nós. Bhí mé tinn.'

'Tá brón orm.'

'Ní gá go mbeadh.'

Rinne Sara casacht faoi mar a bheadh an toit ag cur tochais ina scornach. Ach ní raibh.

'Ní raibh mé an-tinn. Tinn, sin an méid. Ar ndóigh, tá Mam agus Daid ag iarraidh orm dul ar ais ar scoil san fhómhar má bhíonn biseach orm. Ach níl a fhios agam. Feicfidh muid linn.'

Chuir Sara an cáca ina béal, agus rinne an t-uachtar dhá scuaid síos lena smig. Ligh sí é chomh maith is a d'fhéad sí.

'Ar ndóigh, níl aon spéis agamsa sa scoil,' arsa sí go postúil. 'Ní raibh mé rómhaith. Bíonn oiread grá acu do na leabhair ann. B'fhearr liomsa go mór na seanscéalta agus caint ar na sióga agus rudaí mar sin. Sin é an chaoi a raibh sé sa bhunscoil. Ní raibh a leithéid ann ar an meánscoil, dáiríre. Seachas an teagasc Críostaí agus scéalta an Bhíobla, b'fhéidir. An maith leatsa scéalta faoi rudaí iontacha?'

'Ní maith.'

'Is maith liom dul ag breathnú ar scannáin freisin nuair a ligeann Mam dom. Bíonn an oiread sin le feiceáil iontu. Daoine i ngrá le chéile; daoine ag marú a chéile. Bíonn sé iontach nuair a bhíonn siad ag tóraíocht a chéile sna carranna nó ag caitheamh bia le chéile. Ach go hiondúil ní bhíonn ann ach an grá agus an marú. An maith leatsa na scannáin?'

'Corrcheann, b'fhéidir.'

'Cén t-ábhar ab fhearr a thaitin leat ar scoil, mar sin?'

'Ceimic, is dócha,' arsa Gearóid agus bhain sé gal as an toitín. 'Ní mórán maithe a rinne sé dom.'

'Cén fáth? Ar mharaigh tú duine le pléasc mhór?'

'Níor mharaigh. Ach bhí mé ag déanamh ceimice san ollscoil.'

'An bhfuil tú chomh sean sin?' arsa Sara agus iontas uirthi. 'Céard a tharla?'

'Caitheadh amach mé.'

'Cén fáth?'

'Theip orm sna scrúduithe ar fad.'

'Iad ar fad?'

'Chuile cheann!'

'D'éirigh thar cionn leat má theip ort i ngach ceann,' arsa sí go magúil.

Rinne Gearóid gáire. Thuig sé an greann, ach ní baol gur thuig sé an bhean. Bhí praiseach déanta aige féin den cháca agus é ag lí a chuid méar de réir mar a bhí sé ag ithe.

'Bí cinnte go bhfuil an Sarah eile sin ag breathnú orainn,' arsa Sara nuair a chonaic sí pluca Ghearóid agus iad líonta. Mheasc sé an caifé lena spúnóg.

'Sarah Seoighe.'

'Sin é. Ar cailleadh leis an ocras í, dáiríre?'

'Cailleadh cinnte, a deirim leat. Tá seanleabhar agam fúithi. Fuair mé i siopa leabhar i nGaillimh é. Ba cheart duit é a léamh. Níor chuir sí greim ina béal. Tá an scéal ar fad sa leabhar.'

'Nach í a bhí críonna,' arsa Sara. D'imigh an greann as a cuid cainte go tobann agus tháinig fuacht ina glór: 'An iomarca a itheann cuid mhór de na daoine, ar aon nós. Ithe agus ithe agus ithe. Uch! Ní dhéanfadh sé dochar dóibh gan ach a leath sin a ithe. Nach fearr go mór a bheith breá tanaí?'

'Tá tú féin breá tanaí, bail ó Dhia ort.'

Bhreathnaigh siad sna súile ar a chéile, agus bhí rud ann. Ní raibh a fhios ag Sara céard é féin. Chroch Gearóid leathmhala go spraíúil. Ach níor thuig Sara an cás, agus bhreathnaigh sí síos ar an bpláta bán os a comhair.

Bhí bean tuaithe lena cúl ag brú ar a cathaoir. D'éirigh

Sara de léim, agus bhuail sí an chathaoir go géar faoi easnacha na mná. Níor ghabh sí leithscéal.

'Seachain, as ucht Dé,' arsa an bhean.

Ba chuma le Sara; bean óg, ard, dathúil a bhí inti. Chuimil sí a dhá láimh síos leis an sciorta cadáis a bhí uirthi, agus d'airigh sí an t-éadach mín, álainn go héadrom ar a colainn. Shiúil an bhean léi agus pian ina taobh. Ní raibh náire ar bith ar Sara.

'Íoc an bille agus fág seo. Tá mé bréan den áit seo,' arsa sí le Gearóid.

Bhain Gearóid searradh as na guaillí.

'Ní mise atá ag íoc,' arsa sé. 'Níl pingin rua agam. D'ól mé pionta le Royston, agus níl aon airgead fágtha agam.'

Lig Sara osna. Níor thaitin sé léi daoine a bheith ag magadh faoi rudaí achrannacha.

Ba chuimhin léi an uair a labhair a máthair léi faoi chúrsaí ban. Thug sí le fios gur rud gránna a bhí ann, rud rialta, míchompordach. Agus sin mar a bhí. Bhí an ceart ag a máthair tar éis an tsaoil. Ach b'fhéidir nach ag magadh a bhí sé seo anois.

'Níl aon airgead agam,' arsa sé go dáiríre.

Bhí an bille ar an mbord. Bhí beagnach deich euro air.

'Níl ná agamsa,' arsa Sara. An phostúlacht a bhí ina glór ar ball, bhí sin imithe anois agus glór beag, lag an pháiste ina háit.

'Céard a dhéanfaidh muid anois, mar sin?' arsa Gearóid agus straois air. 'Is tusa a d'iarr isteach mé le haghaidh caifé.'

'Tusa a d'iarr mise!' arsa Sara. 'Tá na fir ar fad mar a chéile.' Chuala sí a máthair á rá sin lena hathair uair, agus bhí sí ag tnúth leis an lá a mbeadh deis aici féin an rud céanna a rá.

'An bhfuil chuile shórt ceart go leor?'

Tháinig duine de na mná freastail chomh fada leo, mar shíl sí go raibh rud éigin cearr.

'Tá mise ag iarraidh imeacht,' arsa Sara, agus chas sí i dtreo an dorais.

'Níor íoc tú do bhille fós,' arsa an bhean léi agus rug sí greim uillinne uirthi.

'Tá mé ag iarraidh imeacht!' arsa Sara de scréach.

Bhí lán an tí ag cur na súl tríothu faoin am seo. D'éirigh Gearóid ina sheasamh, agus tharraing sé íochtar an dá phóca amach. Bhí greim mhaith ag an mbean mheánaosta ar láimh Sara. Thosaigh sise ag ciceáil agus ag brú, agus chuir an bhean freastail fios ar chúnamh, agus dúirt sí leo garda a chuardach. Is ansin a d'airigh Sara dhá láimh go daingean ar a guaillí. Feirmeoir a bhí ann. Bhí boladh láidir *aftershave* uaidh. Chuir sé an iomarca de air féin an mhaidin sin le dul ar an aonach, is dócha. Chuir an boladh bréan, milis sin múisc ar Sara, agus bhí fonn uirthi imeacht láithreach, mar bhí na daoine seo ar fad chomh hamaideach sin. Ramhar. Garbh. Agus amaideach.

'Fanaigí soicind amháin!' arsa Gearóid.

Faoin am seo, bhí an dara bean freastail tagtha amach as an gcistin, ach sheas sí siar ar feadh cúpla soicind, mar shíl sí go raibh baol ann go mbuailfeadh Gearóid í. Nach raibh a leithéid feicthe ar an teilifís aici?

'Ná corraíodh duine ar bith. Ná corraígí!' arsa sí de bhéic, agus rith sí amach as an siopa.

'Íocfaidh a máthair. Tá sí in áit éigin ar an mbaile,' arsa Gearóid.

'Níl mé ag iarraidh íoc. Abair leis an gcailleach seo scaoilcadh liom!'

Ach sháigh an bhean na crúba go domhain i bhfeoil na

láimhe. Bhain Sara tarraingt as an láimh nuair a d'airigh sí an phian. Ní raibh uaithi ach an ghreim a scaoileadh. Ach baineadh leagan as an mbean, agus lig sí scréach. Thit na spéacláirí dá srón ar an urlár.

Bhí lán an tí ina seasamh faoin am seo sa chaifé beag. Gan smid as duine ar bith. Bhí an bodach mór i ngreim ghualainne ar Sara fós agus tromanáil air. Ba dheacair an bhodóg seo a cheangal.

'Níl mé ag iarraidh íoc! Níl mé ag iarraidh an bille bréan sin a íoc!' arsa Sara in ard a cinn.

'Céard atá ag tarlú?' arsa garda a bhí tar éis teacht. Bhí an dara bean freastail lena sháil agus cuma an-sásta uirthi. Duine ramhar eile a bhí sa gharda.

؉ ؉ ؉

'Ní raibh ann ach míthuiscint,' arsa an mháthair ag teacht isteach di. Bhí Sara istigh roimpi i seomra sa bheairic, cuma an chailín bhig thréigthe uirthi. 'An bhfuil tú ceart go leor, a stór?'

'Tá. Ní raibh aon airgead agam le híoc. Dúirt mé leo go raibh tusa ar an mbaile. Dúirt mé leo go n-íocfása.'

'Dhiúltaigh tú íoc,' arsa an garda go daingean. 'Chuala mise thú.'

'Míthuiscint, ar ndóigh,' arsa an mháthair, agus rinne sí gáire leis an ngarda. 'Nach éasca raic a tharraingt faoi chúpla pingin anseo i gConamara.'

Chuir an garda strainc air féin. Ba léir go raibh an rud mícheart ráite aici. Ghlan an gáire dá béal.

'Íoc an bille agus beidh deireadh leis,' arsa an garda ansin. 'Tá do dhóthain ráite agat.'

Shíl Sara go raibh scéal an tinnis inste ag a máthair dó. Chuir sí meangadh mór gáire uirthi féin. D'éirigh sí, agus chuaigh sí anonn chuig a máthair. Chuimil sise láimh dá cuid gruaige go ceanúil.

'Go raibh maith agat, a sháirsint. Tá m'ainm agus mo sheoladh agat, nach bhfuil, ar fhaitíos na bhfaitíos?'

Amach leis an triúr as an seomra, agus láimh na máthar ar ghualainn a hiníne.

'Céard faoi Ghearóid?' arsa Sara de ghlór éinín bhig.

'Céard faoi, a stór?'

'Caithfidh muid síob abhaile a thabhairt dó.'

D'oscail an sáirsint doras eile, agus amach le Gearóid. Bhí straois go cluais air. Chuaigh an ceathrar amach ar an tsráid faoi sholas an lae. Bhí feirmeoirí na háite ag tiomáint tharstu agus margaí an lae ina gcuid leantóirí acu.

'Tá mé an-bhuíoch,' arsa an mháthair. 'Níl aon neart aici air, an créatúr.'

'Bí cinnte agus íoc do bhille,' arsa an garda mar fhocal scoir.

Íocadh an bille, agus chuaigh siad ar ais chuig an gcarr. Isteach le Sara sa chúl arís. Ní raibh mórán le rá ag aon duine acu. Shíl Sara gur dócha go raibh a máthair ar buile. Bhíodh sí ina tost mar sin nuair a bhíodh fearg uirthi lena hathair.

Dúirt Sara léi féin go bhfanfadh sí féin ina tost chomh maith. D'fhéach sí an fhuinneog amach go leisciúil. Bhí an ghrian fós ag spalpadh. Bhí a dhá cois sínte amach agus í buailte le cosa Ghearóid. Ó am go chéile, thug sí leathbhreathnú air. Bhí mála lán idir an bheirt agus Gearóid ina luí siar air, cuma thuirseach air.

'A Ghearóid.'

Bhain a glór geit as. Chas sé a cheann le breathnú uirthi, agus ansin thug sé spléachadh ar scáthán an tiománaí, áit a raibh an mháthair le feiceáil.

'A Ghearóid, cén uair a fhéadfaidh mé an leabhar a fheiceáil?'

'Cén leabhar?' arsa an mháthair.

'An leabhar faoi Sarah Seoighe,' arsa Sara agus í ag cur na súl tríd an bhfear óg.

'Cé hí sin?' arsa an mháthair.

'Uair ar bith is mian leat,' arsa Gearóid. 'Ard Mór an t-ainm atá ar an mbaile s'againne. Coinnigh ort suas do bhóithrín féin.'

Bhí Sara sásta leis an méid sin, agus thosaigh sí ag stánadh amach tríd an bhfuinneog arís. Bhí siad imithe thar an Teach Dóite faoi seo, agus b'fhada le Sara go mbeadh sí sa bhaile. Bóthar casta a bhí ann. Bhí allas faoi ascaill uirthi ag greamú dá gúna. Agus bhí ocras uirthi!

Caibidil 3

'Ar chuala tusa caint ar Sarah Seoighe?' arsa Sara le Máire an tSiopa.

'Sarah Seoighe? Í sin a bhí ina cónaí sa Ghleann Buí? Tá an scéal sin ar eolas ag madraí an bhaile. Ach fadó riamh a bhí sí ann. Chloisinn mo Mhamó ag trácht uirthi. Bhí sí ar scoil leis an nglúin sin. D'inis sí dom faoin airgead mór a bhain buachaillí na háite de na daoine a tháinig ar cuairt chuici an bhliain sin. Thagaidís go dtí an Teach Dóite ar an traein agus cairrín capaill as sin go Ros na gCaorach. *"Take us to the fasting girl,"* an port a bhíodh acu.'

'An íocaidís as an turas?'

'D'íocadh agus go daor. Ach deirtear gurbh í an bhean bheag a fuair go leor de. Airgead agus bronntanais agus seoda beaga. Ach d'fhill an feall ar an bhfeallaire.'

'Cén chaoi?' arsa Sara, mar níor thuig sí Máire an tSiopa.

'Bhí raic faoin scéal, a leanbh. Cuireadh a muintir sa phríosún. Bréag a bhí sa rud ar fad.'

'Ní hea!' arsa Sara de scread. 'Ní bréag a bhí ann!'

'Sin é a shíleann go leor. Síleann go leor faoin am seo go mbíodh an bhean bheag á beathú féin agus nach raibh milleán ar bith ar a muintir.'

Bhuail Sara buille láidir ar chabhantar an tsiopa. D'éist Máire an tSiopa.

'Ní raibh duine ar bith á beathú! An dtuigeann tú sin?'

'Ní féidir nach raibh duine ar bith á beathú, a chroí. Ní mhairfeadh sí mí mar sin is gan greim a ithe. Míorúilt a bheadh ansin.'

'Chreid na daoine an t-am sin gur míorúilt a bhí ann. Cén fáth nach gcreideann siad é sa lá atá inniu ann?'

Ní raibh freagra na ceiste sin ag Máire an tSiopa. Ag gearradh ispíní a bhí sí. Lig sí síos sa mhias a bhí ar an scála iad. Chuimhnigh sí uirthi féin.

'Ní chreideann mórán na rudaí sin sa lá atá inniu ann,' a dúirt sí go héiginnte.

'Ní chreideann. Is dócha gur fíor duit,' arsa Sara go cúthail, ach fós bhí cairdeas ina glór, rud a chuir faitíos ar Mháire an tSiopa. 'Punt ispíní a bhí Mam a iarraidh, le do thoil.'

'Cailín dathúil a bhí inti de réir mar a dúirt Mamó', arsa Máire an tSiopa ansin.

'Arbh ea?' arsa Sara go leisciúil. Bhí sí ag smaoineamh ar an Sarah eile a bhí sínte thiar sa reilig. É ina scéal cinnte ag na daoine gur chuir sí dallamullóg ar an saol. Gur chuir sí greim ina béal go bréagach! Ní raibh ciall ar bith leis. Daoine á cáineadh tar éis a báis. Agus í ina cailín chomh saonta ar feadh a saoil. Gan locht ná milleán ag aon duine uirthi fad a bhí sí beo. Ach ní raibh Sarah in ann rud ar bith a chloisteáil níos mó. Bhí sí faoin bhfód. An fód trom. Tostach. Folamh.

'Cén fáth a bhfuair sí bás, a Mháire?' arsa Sara agus imní ina glór.

'Ná bac leis an scéal sin, a leanbh. Ní hé do leas é, muis.'

'Cén fáth?' arsa Sara go daingean, mar níor thaitin an

díspeagadh sin léi. 'Cén fáth ar mhair sí a fhad sin sula bhfuair sí bás?'

'Bhí na banaltraí ag tabhairt aire di. D'fhan siad léi de ló agus d'oíche. Shaothraigh sí an bás ansin os a gcomhair. Níor fhan pioc uirthi. Chuaigh sí san ísle brí. Agus cailleadh í.'

Ghoill an chaint sin go géar ar Sara. D'fháisc sí a dhá láimh ar an gcabhantar. Nach beag an náire a bhí orthu! Fanacht lena taobh ag féachaint uirthi. Agus ligean di bás a fháil.

'Níl sé sin ceart,' arsa sí agus tocht uirthi leis an bpian.

B'uafásach an rud an bás a bheith romhat. Cén t-iontas gur chinn an saol uirthi. Bhí daoine ag faire uirthi féin freisin nuair a bhí sí tinn. Ar scoil. San ospidéal. Sa bhaile. B'uafásach an rud gan cead agat a bheith leat féin.

'Is iad na daoine a mharaigh í,' arsa sí go fíochmhar.

'Bhí amhras ar dhaoine...'

'Amhras. Milleán. Drochmheas. Mharaigh siad í. Mar níor thuig siad í. Níor chreid siad í. Na hamadáin.'

'An bhfuil aon cheo eile uait, a Sara?'

Bhreathnaigh an bhean óg ar bhean an tsiopa ar chúl an chabhantair. Bhí fad tagtha sa dá chluais uirthi de bharr na cainte.

'Níl, go raibh maith agat,' arsa sí go postúil. 'Tabharfaidh Mam an t-airgead duit arís.'

Chuir sí na hispíní agus an mhuiceoil isteach sa mhála go mífhoighdeach.

'Tá súil agam go dtiocfaidh sí roimh dheireadh na seachtaine. Is maith liom cúrsaí a bheith i gceart faoi dheircadh na seachtaine.'

Ní raibh suim aici seo ach san airgead, arsa Sara léi féin.

Bhainfeadh sí airgead de na strainséirí ag an Teach Dóite ach oiread lena Mamó, dá mbeadh deis aici. Nach í a bhí cúngaigeanta, iargúlta. Santach. Suarach. Óinseach a cheap nach mairfeadh duine gan greim bia óna siopa beag, suarach féin. Níor chreid sí gur mhair Sarah eile gan bhia. Meas tú! Thuigfeadh sí an scéal fós.

'Go ngnóthaí Dia duit,' arsa Sara, chomh stuama le duine fásta.

Amach léi ar an tsráid. Bhí gaoth an tsamhraidh ag séideadh go bog.

Is dócha gur airigh Sarah Seoighe an ghaoth bhog chéanna ar a cneas óg sular thug sí an leaba uirthi féin. Ach thall ansin a bhí sí anois. Gan chneas. Gan chreideamh. Faoin bhfód. Sa reilig. Taobh leis an séipéal. Áit nach dtéann deoraí ar cuairt chuici. Gan duine le bronntanas a thabhairt di. Mar gheall nár chreid aon duine í.

* * *

Ar éigean a d'éirigh léi dul thar an ngeata. Rud éasca a bheadh ann, dar léi. Dul thar gheata. Ach le fírinne ba rud deacair é ag an té nach raibh cleachtadh aige air. Bhí a mála caite isteach sa gharraí aici, ach fós féin chuaigh a dhá cois i bhfostú in adhmad an gheata. Nach í a bhí sásta nuair a leag sí cois ar an talamh ar an taobh eile. Dúirt sí léi féin nach ngabhfadh sí thar gheata go deo arís agus sciorta uirthi.

Dá n-iarrfadh sí treoir le dul ar an Ard Mór, ní bheadh uirthi oiread stró a chur uirthi féin, ar ndóigh. Ach dá n-iarrfadh sí treoir ar Mháire an tSiopa, bheadh amhras uirthi sin. Agus dá n-iarrfadh sí cead ar a máthair, ní ligfí in aice na háite í.

Bhí tuairim aici cá raibh an fheirm a raibh Gearóid ag obair ann. Bheadh a fhios ag fear an tí cá raibh Ard Mór. Shuigh sí síos lena scíth a ligean leath bealaigh suas an cnoc. Bhí solas na gréine ar an bhféar agus é ag luascadh anonn is anall de réir mar a bhí an ghaoth ag breith air. Shín Sara siar ar a droim ar feadh nóiméid, agus shíl sí na súile a choinneáil ar oscailt, ach bhí an ghrian á ngortú.

D'éirigh sí ina seasamh. Ar aghaidh léi ansin i dtreo na feirme a bhí in ascaill an chnoic. Bhí garranta mórthimpeall uirthi. Beithígh ag fosaíocht ar chuid acu. Arbhar ag fás i gcuid eile acu. Agus ualach dathanna ar ghéaga na gcrann ar gach taobh di. Iad ag damhsa go mall, maorga. Mar bhí an samhradh ann.

'Cén bealach a tháinig tú?' arsa an feirmeoir. Bhí seisean ar an tsráid, ach ní fhaca sé í ag teacht trasna na ngarranta.

'Síos na garranta agus anuas ar chúl an tí,' arsa Sara.

'Anuas an bóthar ard, ab ea?'

'Is ea.'

'Ar dhún tú an geata?'

'Níor oscail mé ar chor ar bith é,' arsa Sara agus mífhoighid uirthi leis an bhfear. Ach nuair a chuala sé an freagra sin, rinne sé meangadh gáire léi go croíúil. Rinne Sara amhlaidh.

'An bhfuil cúnamh uait?' arsa an fear go cairdiúil.

'Ag cuardach an Aird Mhóir atá mé,' arsa Sara chomh cairdiúil céanna.

'Céard atá uait san áit sin?'

'Cairde liom,' arsa Sara. Bhí a cuid dea-mhéine ag fuarú.

Bhain an feirmeoir a chaipín dá cheann lena láimh dheas. Láimh mhór, láidir a bhí inti. Láimh gharbh. Ba léir do Sara gur fear é seo a bhí ag plé leis an talamh gach lá. Ag treabhadh agus ag leasú na talún. Go tobann, chrom Sara leis an bpian. Bhí múisc uirthi. Bhí a cuid gruaige ligthe go talamh, beagnach.

'Céard é féin? An bhfuil tú ceart go leor?'

Rug an fear greim láimhe uirthi, agus leag sé láimh i dtaca ar a droim. Dhírigh Sara aniar. Bhí sí i bhfad níos fearr.

'Tá mé ceart go leor, tá mé ceart go leor,' arsa Sara. Thóg sí a ceann go tobann ionas gur tháinig mearbhall uirthi. Sruth fola chuig an intinn. An solas ag gortú a cuid súl.

'Gabh isteach dhá nóiméad. Tá sí féin sa bhaile. Beidh a fhios aici céard ba cheart a dhéanamh.'

'Ní raibh ann ach pian bhoilg. B'fhearr dom coinneáil orm.'

An chéad rud eile, bhí sí ag siúl léi suas an cosán a thaispeáin an fear di. Seanchosán agus é leathphlúchta le neantóga. Féar fada síos le lár an chosáin. Bhí na crainn ag síneadh a gcuid géag os a cionn freisin, agus thaitin sin go mór le Sara. Féith ghlas a bhí ann agus ise ag siúl uirthi. Agus an ghrian ar an taobh eile.

Sheachain sí dó na neantóg. Shiúil sí léi go réidh. Istigh i bpluais dhorcha a bhí sí. Duilliúr na gcrann ag sioscadh os a cionn. Seanghéaga agus mionadhmad briosc ag briseadh faoina cosa. Ceol an nádúir ina cluasa. Na héin. Na feithidí.

Bhí casadh sa chosán agus ard roimpi. Lean Sara uirthi go socair. Ba mhaith léi a bheith i gceartlár a bhí ag fás go fiáin. Ní raibh aon ní fiúntach ag fás ann. Ní thagadh aon duine ann leis an áit a ghlanadh. Thaitin léi an áit a bheith chomh glas agus chomh folamh is a bhí. Go tobann, bhí deireadh le scáth na coille. D'airigh sí teas na gréine arís. Bhí aiteann nó crann draighin lena taobh. An dá rud, b'fhéidir. Ní raibh Sara róchinnte. Bhí na féileacáin ag snámh san aer os a cionn. Nach iad a bhí somhillte, álainn, saor. Bhí dath bán ar cheann acu. Ceann eile agus é ildaite. Bhí siad ag damhsa mar a bheadh an bheirt acu ar meisce. Anonn agus anall gan stad. Dá mbeadh cosa fúthu, bheidís ag satailt ar a chéile. B'ait na ruidíní iad, dáiríre, a shíl sí sa deireadh. Ar aghaidh léi ansin.

An fheirm an chéad rud eile a chonaic sí. Thug an cosán isteach ar an tsráid í. Fuinneoga beaga sa teach. An doras íseal. Screamh aoil ar na ballaí agus é caite ionas go bhfeicfeá an plástar agus na clocha. Cearca ag dul ó thaobh go taobh faoi dheifir. Bhí bairille uisce le binn an tí. Agus Gearóid leis an mbinn eile! Ag gearradh adhmaid a bhí sé. D'fhan Sara ina staic ar an gcosán ar feadh nóiméid. Bhí an teach neadaithe faoin gcnocán. Ba dheas an radharc é. Fós féin bhí torann na háite ag líonadh a dhá cluais. Scoilteadh an adhmaid. Grágaíl agus gliogar na gcearc. Gearóid ag ligean cneada ó am go chéile de réir mar a chuir sé neart a chnámh leis an tua ar an adhmad. Sin í an uair a chonaic sé í.

'Cén treo a tháinig tusa?'

'An treo sin,' arsa Sara, agus shín sí méar i dtreo chosán na coille. 'Céard atá ar bun agat?' a deir sí agus shiúil sí ina leith.

'Ag gearradh adhmaid atá mé,' arsa sé, rud ba léir. 'Le haghaidh an gheimhridh. Fuair muid ualach adhmaid, agus caithfidh mé é a ghearradh anois.'

Rug Sara ar phíosa adhmaid. Chaith sí ar an gcarn arís é. Tháinig bean óg amach as an teach. Bhí sí beagán ní ba shine ná Sara. Bhí cuma chrua ar a héadan. Bhí cúpla *clip* gruaige sáite go míshlachtmhar ina mullach dubh gruaige. Sciorta scaoilte uirthi síos thar na glúine. Déarfá gur seanchuirtíní a bhí san éadach lá den saol. Sciorta den chineál a chaithfeadh bean nach raibh aon tsuim aici i gcúrsaí faisin. Rinne Sara meangadh. Rinne an cailín eile amhlaidh, ach níor tháinig sí ina leith.

'Ní leat féin atá tú i do chónaí?'

'Ní hea. Sin í Nóirín,' arsa Gearóid agus é ag ardú an tua arís. Bhain an tua ceol as píosa breá adhmaid. Rinne sé dhá leith de, agus chuala Sara macalla an bhuille ina ceann.

'An bhfuil sibh in bhur gcónaí le chéile?'

'Tá.'

Rug Gearóid ar an dá phíosa adhmaid, agus chaith sé ar an gcarn iad. D'fhág Sara an bealach dó. Bhí na fiacla brúite faoi na liopaí aici go neirbhíseach.

'Ólfaidh tú tae?' arsa Nóirín.

'Tá go maith,' arsa Sara, agus isteach léi ina diaidh.

Chrom sí ag dul isteach di. Bhí sé dubh dorcha istigh. Bhí fuinneamh agus solas na gréine taobh amuigh. Ach ní raibh léargas sa teach, agus bhí sé breá fionnuar ann. Ní ligfeadh na ballaí tiubha ná na fuinneoga cúnga mórán de theas na gréine isteach.

Urlár coincréite a bhí ann agus cúpla brat caite anuas air. Bhí staighre beag adhmaid os a comhair. Is beag nach dréimire a bhí ann seachas staighre le dul ar an áiléar. Bhí seanteallach ann, gráta miotail ann, agus formna in aice leis. Bhí seandrisiúr le balla ann. Bhí an drisiúr beagán as alt san áit a raibh sé. Ba bheag rud ba mheasa ná troscán nach raibh ar aon dul leis an seomra.

Ach chuir na smaointe dúra sin fearg ar Sara léi féin. Sin an cineál ruda a cheapfadh a máthair. Bhí an dorchadas ag gortú a cuid súl. Sin é an rud a bhí uirthi. Sin é an rud a bhí ag cur as di.

'Cé thú féin, ar aon chaoi?' arsa Nóirín aníos as an gcistin. Chuaigh Sara chomh fada le doras na cistine. Cistin nua, a cuireadh leis an seanteach, a bhí ann. Ní raibh cuma róghlan uirthi mar chistin. Bhí sorn ann agus a chúl leis an seanteallach sa seomra eile. Bhí citeal ag fiuchadh ar an sorn. Bhí an chuma ar an scéal nach raibh leictreachas sa teach. Ní raibh Sara i dteach gan leictreachas riamh. Seanbhean tuaithe a bhí ina Mamó féin, ach fós bhí leictreachas sa teach aici.

'Cé thú féin?'

Bhí an bheirt bhan óga ar aghaidh a chéile. Rinne Sara meangadh arís, ach ní raibh sí cinnte ar thaitin an Nóirín seo léi.

'Sara atá orm.'

'Í seo a tharraing na gardaí orm in Uachtar Ard,' arsa Gearóid, agus chuir sé a dhá láimh timpeall uirthi. Bhain sin geit as Sara, agus lig sí scread. Scaoil sí a ghreim, ach bhuail sí faoi bhoirdín beag a bhí sa chúinne. Bhí buidéal bainne ag fuarú i mias uisce ar an mboirdín, agus leag sí an buidéal.

'Drochrath ort, a óinseach,' arsa Nóirín, agus bhrostaigh sí le cuid den bhainne a thabhairt slán. Ach bhí an dochar déanta agus an bainne agus an t-uisce ar snámh ina chéile.

'Ní ormsa an locht,' arsa Sara. 'Tá mé ag imeacht. Tá mé ag imeacht. Níor chóir dom teacht ar chor ar bith.' Rinne sí ar an doras de rúid, ach rug Gearóid greim uirthi.

'Ní chaithfidh tú imeacht. Tóg go réidh é anois.'

Bhí léine *denim* air, agus bhí an t-allas tríthi de bharr ghearradh an adhmaid.

'Tá tú ceart go leor.'

Chiúnaigh Sara. Mar gheall go raibh an áit chomh dubh dorcha sin. Agus bhí sí i ngreim ag Gearóid fós agus lorg chois an tua ar a dhá láimh. Bhí sí fuar. Bhí faitíos uirthi. Chuimhnigh sí ar chneastacht na ndochtúirí. Mná a bhformhór, ach ní raibh aon mhaith leo sin. Ba iad na fir ab fhearr léi. Chuir sin náire uirthi, agus scaoil sí an ghreim a bhí ag Gearóid uirthi. Rinne sé gáire léi, agus las a héadan.

'Níor cheart duit geit a bhaint asam mar sin,' arsa sí. 'Ní raibh mé ag iarraidh dochar a dhéanamh.'

'Níl aon dochar ann, muis,' arsa Gearóid. 'Seo, suigh síos. Tá tú beagán teasaí, sin an méid.'

'Ní bhím ag iarraidh dochar a dhéanamh.'

'Suigh síos anseo. Déanfaidh Nóirín an tae dúinn.'

'An bhfuil do chuid adhmaid gearrtha agat?'

'Tá.'

Thug Gearóid isteach sa seomra eile í. Bhí binse fada mar a bheadh leaba ann leis an mballa thall taobh leis an doras. Shuigh Sara síos, agus chuimil sí na méara den bhrat breá tiubh a bhí caite thar an mbinse. Dath dearg agus oráiste a bhí air agus pátrún breacáin air. Bhí a leithéid sa teach ag a Mamó lena linn, ach chuir a máthair i dtaisce iad nuair a fuair an tseanbhean bás. Thaitin an brat le Sara. Bhí sé breá te teolaí fúithi. Bhí cúisíní olla ann freisin, agus rinne Sara nead di féin iontu.

'Seo é an leabhar,' arsa Gearóid. Bhí sé ag póirseáil i gcúpla seanbhosca cairtchláir faoin staighre. Bhí drochbhail ar an leabhar. Bhí sé gan chlúdach. Cúinní na leathanach agus dath buí orthu leis an aois. Cur síos ar scéal an *Fasting Connemara Girl* a bhí sa leabhar, de réir an teidil. Sa bhliain 1900 a foilsíodh í. Léigh Sara abairt nó dhó thall is abhus i gcorp an leabhair, agus ansin thug Nóirín an tae dóibh.

Bhain Sara an mála dá guaillí, agus chuir sí an leabhar i

leataobh ar fhaitíos smál tae. Ba chosúil nár dhoirt sí an bainne ar fad, mar bhí braon sa tae.

'An mbíonn sé fuar anseo sa gheimhreadh?' arsa Sara.

'Níl a fhios agam fós,' arsa Nóirín go smaointeach. 'Níl sé dhá mhí ó tháinig mise anseo. An raibh sé fuar anseo an geimhreadh seo caite, a Ghearóid?'

'Bhí,' arsa seisean. Chuir sé tochas ina ghuaillí. Bhí a chuid matán ag preabadh de bharr a bheith ag gearradh an adhmaid.

'Tá mise ag dul ag baint sméara dubha,' arsa Nóirín ansin. Thóg sí ciseán folamh a bhí ar an urlár. Amach léi gan a thuilleadh moille.

'An bhfuil sméara ag fás san áit seo?'

'Síos an bóthar,' arsa Gearóid. 'Tá siad fairsing ann. Sméara agus caora. Is maith an rud go bhfuil, mar is bia in aisce dúinne iad.'

'Taispeáin dom iad,' arsa Sara go díograiseach. D'éirigh sí ina seasamh arís. Leag sí an cupán uaithi ar an urlár. Rith sí chuig an doras, agus chrom sí ag dul amach di.

'Gabh i leith, a Ghearóid. Gabh i leith, agus taispeáin dom an áit.'

Lean Gearóid í go drogallach.

'Thall ansin atá siad,' arsa sé, agus dhírigh sé méar le cosán cois claí. Taobh thall den chlaí bhí garraí ag dul suas go dtí an t-ard mór, foscúil a bhí in ainm an bhaile. Ní raibh fonn ar Sara dul i ndiaidh Nóirín faoin am seo. Nach raibh sí ag baint sméar go minic cheana. Is minic a bhí dath dubh agus dath dearg ar a lámha tar éis na hoibre sin. Faoi mar a bheadh muc maraithe aici. Dath na fola. Gan é chomh dubh céanna, b'fhéidir. Ná chomh dearg céanna, go deimhin.

'Ó, féach!' a deir sí ansin. Chas sí a súil, agus chonaic sí sceach faoin gclaí a bhí faoi ualach bláthanna buí. Rith sí anonn chuig an sceach.

'Ní fhaca mé rud chomh buí leo sin riamh cheana,' arsa sí, faoi mar ba di féin an dath ar fad. Bhrúigh sí na fiacla faoina liopaí. Chrom sí le bolú de na bláthanna, agus mhúch an boladh sin blas an tae a bhí ólta aici sa teach. Boladh milis. Boladh buí.

'Nach deas an rud í an fhéithleog?'

Bhí Gearóid lena taobh arís. Boladh allais uaidh go géar. Rud a chuir suaimhneas uirthi. Ach maidir leis an sceach seo. Nach í a bhí bog, milis, aoibhinn. Ní crann a bhí inti ar chor ar bith. Ach sceach mhilis.

'An sceach,' arsa sí go smaointeach, agus tharraing sí a láimh trasna ar na bláthanna go héadrom. Ansin dhún sí a láimh, agus bhain sí lán doirn díobh agus ghlan sí a héadan leo. Líon an boladh a polláirí. Líon sé a scamhóga. Agus anois tá deireadh leo, arsa sise léi féin. Thit siad uaithi ar an talamh, idir bhláth agus duilleog. Feo a bhí i ndán dóibh ar an talamh chrua.

'Meas tú an raibh mórán bláthanna ar an uaigh?' ar sí. 'Má tháinig go leor ag coinneáil bláthanna agus bronntanas léi, is dócha go raibh go leor bláthanna ar a huaigh!'

Bhain Gearóid searradh as a ghuaillí go haineolach.

'Caithfidh tú an leabhar a léamh.'

'Mmm. Fíor duit.' Rinne sí gáire leis go geal, agus ar ais léi chuig an teach.

'Rachaidh muid ag breathnú ar an uaigh uair éigin, más maith leat. Beidh sé ina spraoi.'

'B'fhéidir,' arsa Sara go fuar, feasach. Bhí siad sa teach arís faoi seo agus ise ag déanamh iontais den dorchadas. Shín sí ar leathuillinn ar an mbinse cois fuinneoige agus na

41

cosa fillte fúithi. Rug sí ar an gcupán agus ar an leabhar arís. Is beag blas a fuair sí ar cheachtar acu. Bhí an tae láidir agus é ag fuarú. Ní raibh sa leabhar ach eolas. Tuairiscí na bpáipéar nuachta. Míle cuntas. Sin é ba mheasa i gcónaí.

Is iomaí tuairisc a scríobh na dochtúirí fúithi féin. Daoine ag caint uirthi. Iad i gcogar ag bun na leapa. Leag sí uaithi an leabhar go réidh.

'An bhfuil tú bréan de?'

'Nílim. Ach tá sé ródhorcha anseo le bheith ag léamh,' a deir sí go cliste. 'Bíonn siad ag iarraidh an milleán a chur ar dhuine éigin,' a deir sí ansin. 'Bíonn siad i gcónaí ag iarraidh an milleán a chur ar dhuine éigin. Ní dóigh liomsa go raibh aon dochar inti.'

'Fadó, chreid na daoine sna míorúiltí. Is mór an t-iontas nach naomh atá inti anois mura raibh aon dochar inti.'

Chuir Sara na súile tríd. Bhí sé ina shuí lena taobh ar an mbinse compordach. A chuid gruaige anuas ar a mhuineál go catach agus cnaipe a léine scaoilte.

'Deir Mam nach mbíonn náire ar aos óg na linne. Sin é is measa fúthu, a deir sí. Deir Daid nach dtuigeann an t-aos óg an faitíos, mar gheall nach bhfuil rud ar bith ann is cumhachtaí ná an duine.'

Bhí sí ag súil le freagra ón ógfhear ach ní dhearna seisean ach iompú ina leith le ceist a chur: 'An bhfuil faitíos ortsa, a Sara?'

Bhreathnaigh sí idir an dá shúil air sular fhreagair sí é. Bhí snaidhm na himní go domhain ina putóg. Bhí scréach le ligean aici, ach rinne sé pian bhoilg inti. Bhí ciúnas ann.

'Cailín beag saonta thú, ab ea?' Chuimil sé láimh dá leiceann agus é ag caint. Tharraing sise siar. D'aimsigh solas na gréine a dhá súil tríd an bhfuinneog. D'fhan sí mar a raibh sí. Shlíoc Gearóid a cuid gruaige, agus chuimil sé cúl a muiníl. Bhí a croí ag pléascadh. Ach níor thuig sí céard a bhí uirthi.

'Ná bíodh faitíos ar bith ort. An dtuigeann tú? An dtuigeann tú, a Sara? Ní ceart go mbeadh imní ort. An gcloiseann tú mé?'

Chuala sí a ghlór á bréagadh. Ach níor thuig sí an scéal.

'Cén imní a bheadh orm, muis?' arsa sí, agus rinne sí gáire go neirbhíseach. D'éalaigh sí óna láimh, agus chuir sí na cosa ar an urlár. 'Caithfidh mé dul abhaile.'

Is ansin a d'airigh sí an t-ocras. Bhí sí folamh. Rug sí ar a mála, agus chaith sí ar a guaillí é.

'An dtiocfaidh tú arís?' arsa Gearóid. Bhí seisean ina sheasamh freisin faoi seo. Bhí sé ag iarraidh slán a fhágáil léi mar a dhéanfadh fear maith tí. 'Níl an leabhar léite fós agat, ar ndóigh!'

Tháinig siad ag breathnú uirthi. Sin é an fáth ar cailleadh í,' arsa sise go brónach.

'Buail isteach amárach. Ar mhaith leat sin a dhéanamh?'

'Níl a fhios agam cén plean atá ag Mam.'

'Nach cuma faoi Mham.'

'Is dócha. B'fhearr dom bóthar a bhualadh. Beidh sí ag súil liom.'

'Beidh tú sách luath.'

'Is dóigh. Níl sé chomh deireanach sin. An gceapann tú go bhfuil mé dathúil?'

'Tá, cinnte,' arsa Gearóid, agus shiúil sé coiscéim ina treo. Siar le Sara coiscéim nó dhó.

'Caithfidh mé imeacht. Caithfidh mé imeacht. Slán agat, a Ghearóid.'

Chuaigh sí thairis amach, agus chrom sí sa doras. Sheas sí ar an tsráid. 'Cén taobh a gcaithfidh mé dul?'

'B'fhearr cloí leis an mbóthar. Ní maith le daoine strainséirí ar a gcuid talún. Lean an cosán sin le claí. Lean an claí síos, agus tabharfaidh an cosán síos idir dhá gharraí thú agus amach ar an mbóthar in íochtar. Casfaidh tú ar clé san áit sin, agus is gearr go mbeidh tú sa bhaile.'

'An bhfuil aon gheata ann?'

'Níl.'

'Sin é an bóthar is fearr, mar sin.'

Ar aghaidh le Sara gan a thuilleadh a rá. Bhí sí ag dul thar an gcrann féithleoige ach gan aird aici air nuair a d'fhógair Gearóid: 'Feicfidh mé amárach thú.'

Chroith sise láimh air go gealgháireach. Shílfeadh duine gur ar an mbád bán a bhí sí ag dul. Nach bhfeicfeadh sí go deo arís é. Ar aghaidh léi ansin.

'Tá tú ag imeacht cheana féin,' arsa Nóirín in ard a gutha. Bhí sí leath bealaigh síos an cosán agus an ciseán á líonadh aici. Chuaigh Sara chomh fada léi. Bhí dath dúdhearg ar lámha Nóirín.

'An maith leat a bheith i do chónaí san áit seo?' arsa Sara.

'Níl cailleadh ar an áit seo. B'fhearr é ná a bheith in éineacht le Royston.'

'An bhfuil aithne agat ar Royston?'

'An bhfuil aithne agam ar Royston, ab ea?' arsa Nóirín agus strainc dhrochmheasúil uirthi.

'Ní drochdhuine atá ann, ab ea?'

Ní dúirt Nóirín aon rud ar feadh nóiméid. Chuir sí tuilleadh caor isteach sa chiseán. Thóg Sara cúpla ceann go dána ón gciseán, agus d'ith sí iad.

'An bhfaca tú é in Uachtar Ard le Gearóid?'

'Ní fhaca.'

'Bhí an t-ádh leat. Bhí mise i mo chónaí in éineacht leis ar feadh sé mhí sular tháinig mé anseo.'

'Ó!'

'Le Gearóid atá mé i mo chónaí anois.'

Is beag spéis a bhí ag Sara sa scéal. Bhí sí idir dhá chomhairle an bhfanfadh sí nó an imeodh sí. Bhí blas ar na caora beaga, dubha ach ní raibh sásamh goile iontu.

'Beidh mé anseo arís amárach.'

'An mar sin é?'

'Tá an leabhar le léamh agam.'

'Cén leabhar é sin? Nach bhfuil do dhóthain leabhar ar scoil agat?'

'Leabhar faoi Sarah Seoighe. Is le Gearóid é.'

'Cé hí Sarah Seoighe?'

'Mhair sí ar feadh i bhfad gan aon rud a ithe. Ach bhásaigh sí fadó.'

'Ó, í sin a bhí ina cónaí san áit sin thíos, ab ea?' arsa Nóirín, agus shín sí méar i dtreo an ghleanna.

'Is ea.'

'Chuala mé scéal go mbíodh duine de bhuachaillí na háite ag coinneáil beatha léi. Agus rudaí eile.'

'Níor thug duine ar bith rud ar bith di. Cén fáth a raibh na daoine ag iarraidh an milleán a chur uirthi? Ag iarraidh a rá gur dhuine bocht, bréagach í.'

'Céard é? Bí cinnte go raibh fear i gceist. Chuala mise gurbh éigean di codladh in aon seomra lena muintir. Chuirfeadh sé sin drúis ar chailín ar bith.'

Focal ní dúirt Sara.

'Ar mhaith leat féin a bheith ar do leaba san oíche agus an sean*lad* ag éirí ar do mháthair an taobh eile den seomra?'

Níor lig Sara aon rud uirthi.

'Is cuma liomsa céard a déarfaidh daoine. Dá dtarlódh a leithéid duitse, bí cinnte go mbeifeá ag cuimhneamh ar chúrsaí. Tá a fhios agat féin. Ar na fir.'

Bhí caor amháin ag Sara idir méar agus ordóg. Nuair a stop Nóirín ag caint, chuir sí ar ais sa chiseán é gan blaiseadh de. Níor thuig sí an scéal. Chuir sí coiscéim nó dhó idir í féin agus an bhean eile. Chas sí ar a sáil le himeacht. D'fhág sí slán aici i gcogar, agus ansin lean sí an cosán garbh idir an dá gharraí síos chuig an mbóthar.

'Tháinig tú,' arsa a máthair. 'Bhí mé ag déanamh iontais an dtiocfá ar chor ar bith. Bhí tú i bhfad imithe.'

'Bhí mé ag caint,' arsa Sara.

Nuair a tharraing sí a mála dá guaillí, chonaic sí a láimh. Ligh sí an mhéar agus an ordóg go tapa. Bhí aiféala uirthi gur ith sí na caora. Bhí dath dearg ar a lámha.

Níor choinnigh duine ar bith beatha le Sarah. Duine ar bith. Oiread agus greim.

Caibidil 4

Lá arna mhárach, nuair a shroich Sara an tArd Mór, bhí sí i ndeireadh na feide. Bhí sé ina ardtráthnóna agus gan aon duine le feiceáil san áit. Bhí na cearca ar an tsráid. Shiúil Sara go dtí an doras go mall.

'Dia dhaoibh!'

'Gabh isteach.'

Bhí Gearóid ina shuí ar an urlár agus na cosa fillte faoi. Bhí a dhroim leis an bhformna. Bhí an tine lasta sa teallach. Má bhí, is beag teas a bhí ann. Bhí Gearóid ag caitheamh, agus fuair an bhean óg boladh milis nár aithin sí. Shín sé chuici é. Dhiúltaigh sí.

'Íosfaidh tú greim?' arsa Nóirín.

Chas Sara timpeall de gheit. Sínte ar a droim os comhair na fuinneoige a bhí Nóirín. D'éirigh sí aniar go mall, místuama, agus las an coca gruaige a bhí uirthi faoi sholas na gréine.

'Tá cáca baile sa bhácús agam,' arsa sí. Lig sí gáire go neirbhíseach.

'Ní anseo atá an cáca agam,' arsa sí agus chuimil sí láimh dá bolg. 'Sa chistin atá sé.'

'Bhí cáca san áit eile agat cheana, cheapfainn,' arsa Gearóid.

Chuir sí a teanga amach leis.

'Ach fuair tú réidh leis, nach bhfuair? An raibh a fhios agat é sin, a Sara?'

'Níl a fhios aici ó Dhia céard atá tú a rá.'

'Tá a fhios, muis,' arsa Sara go láidir.

'Gabh i leith go bhfeice muid an bhfuil an cáca déanta.'

Lean Sara Nóirín go ciúin agus sheas lena taobh go ciotach fad a bhí sí ag tógáil an cháca amach as an oigheann. Chuir sí seancheirt timpeall ar a lámha ionas nach ndófaí í.

'Meas tú an bhfuil sé déanta?'

'Níl a fhios agam.'

Bhí an crústa thar a bheith te agus dath breá buí ag teacht air.

'Cúig nóiméad eile, b'fhéidir,' arsa Nóirín ansin agus í idir dhá chomhairle. Chuir sí an cáca ar ais san oigheann, agus dhún sí an doras iarainn.

'Cáca rísíní, ab ea?'

'Is ea. Cáca rísíní. Agus ní itheann Gearóid ná mé féin feoil ar bith. Ní féidir milleán a chur orainn faoi ithe na feola.'

'Is féidir milleán a chur oraibh faoi cháca rísíní a ithe.'

'Tá cáca sméara dubha san oigheann freisin. Ní chaithfidh tú ithe in éineacht linn.'

'Íosfaidh mé greim, mura miste leat. Níor ith mé mórán ó mhaidin.'

'Seachain an ndoirtfeá an bainne inniu, maith an cailín.'

Cuireann sí seo Mam i gcuimhne dom, arsa Sara léi féin. Bíonn sise sách géar, ach ligeann sí uirthi go bhfuil sí deas freisin.

'An raibh tú ag súil, dáiríre?' arsa Sara.

'Bhí. Tamall ó shin. Anuraidh.'

Chuir Nóirín strainc uirthi féin. Rinne Sara meangadh léi. B'fhéidir nach raibh dochar ar bith inti seo. B'fhéidir. 'A Nóirín. Gabh i leith aníos anseo,' arsa Gearóid anuas ón lota. Amach le Nóirín as an gcistin gan focal a rá. Lean Sara í go mall, agus chonaic sí Nóirín ag dul suas ar an lota i ndiaidh Ghearóid. Tháinig amhras ar Sara ar feadh nóiméid. Bhí an boladh géar sin ann i gcónaí. Agus tine ar an teallach. Na cearca ag scríobadh taobh amuigh den doras. Chuaigh sí anonn chuig an doras, agus shuigh sí ar an tairseach. Bhí na cearca ag piocadh go fánach thall agus abhus faoi mar a bheidís ag fanacht lena gcuid.

Chuaigh Sara anonn go dtí an staighre. Ní raibh oiread is gíog le cloisteáil. Ghlaoigh sí ar an mbeirt de ghlór ciúin. Níor fhreagair siad í. Bhí boladh an-láidir ar an arán san oigheann faoin am seo. Níor cheart cáca a fhágáil rófhada in oigheann mar sin. Bhí oigheann leictreach ag a máthair i mBaile Átha Cliath, agus mhúchadh sé sin é féin nuair a bhíodh an bia réithe. Bhí an áit tirim, plúchta le teas an oighinn. Bhí an crústa crua ar an gcáca agus dath dubh ag teacht air. Rug Sara ar an gceirt leis an oigheann a oscailt. D'éalaigh teas mór ón oigheann, agus chuaigh sé go beo na méar inti nuair a chroch sí an cáca mór trom. Pé misneach a bhí inti, d'éirigh le Sara an cáca a thabhairt slán chomh fada leis an mbord. Leag sí anuas é agus an gal ag éirí.

'Céard atá ag tarlú thíos ansin?' arsa Gearóid anuas ón lota.

Tharraing Sara anáil mhór sular labhair sí.

'Tá gach rud i gceart.'

Ach is cosúil nár chreid siad í, mar ba ghearr gur chuala sí an bheirt ag corraí sa seomra os a cionn. Bhí siad ag caint agus ag siúl thart. Is dócha go raibh an mearbhall ag glanadh. Bhí fonn orthu teacht anuas feiceáil céard a bhí ar bun thíos. Súil a choinneáil uirthi arís ar fhaitíos go gcuirfeadh sí an áit trí chéile.

'Tá cuma mhaith go leor air, nach bhfuil?' arsa Nóirín agus í leath ina codladh. Níor thug Sara aird ar bith uirthi. Murach í, ar ndóigh, ní bheadh cáca ar bith le hithe acu, arsa sí léi féin. D'fhéach Sara ar na rudaí a bhí thall is abhus acu sa chistin lom. Plúr coirce. Buidéilíní tamaraine agus lusanna eile. Luibheanna nach bhfaca sí ag a máthair riamh. Agus rudaí eile nár aithin sí beag ná mór.

Tharraing Sara méar trasna ar na crúiscíní beaga, ceann ar cheann, de réir mar a bhí sí ag breathnú orthu. Bhí láimh aici ar an leac mhór, dhubh a bhí fúthu. Bhí faoiseamh breá san fhuacht tar éis di an dó a bhrath ar an mias ar ball beag. B'ionann é agus fuaruisce a chaitheamh lena héadan ar maidin le dúiseacht.

'Tabhair leat pláta duit féin,' arsa Nóirín go briosc.

Chas Sara timpeall. Bhí an cáca gearrtha ina chandaí ag Nóirín. Chuaigh sí anonn chuig an bhformna in aice leis an bhfuinneog, agus shuigh sí.

Bhí an bheirt eile ina suí ar an urlár agus droim le balla acu. Bhí tae fliuchta ag Nóirín agus im curtha aici ar na candaí aráin rísíní. Bhí cáis ann freisin. Crústa crua ar an gcáca. Béile gan fheoil: béile gan mhaith, dar le Sara. Ach fuair sí blas ar a cuid, agus bhí sí thar a bheith sásta. Bhí sí sásta nuair a bhuail casacht Nóirín. Bhí greim i bhfostú ina scornach. B'éigean di a cuid a chur amach ar an bpláta.

'An bhfuil tú ceart go leor?' arsa Gearóid. Bhí a shúile fós ar lasadh tar éis dó a bheith ag caitheamh. Bhí Nóirín leath-thachta fós agus Gearóid ag bualadh buille dá bhoise ar a droim go deas éadrom ó am go chéile. D'éirigh Nóirín ina seasamh sa deireadh. Theastaigh aer uaithi sna scamhóga leis an racht a chur di. Ní raibh cor as Sara ach í ag breathnú ar Nóirín bhocht agus í ag fulaingt. Ní raibh neart ar bith aici ar an scéal. Chuir sí píosa mór den cháca ina béal.

Chuaigh Nóirín amach go dtí an chistin. Rinne Gearóid meangadh gáire le Sara. Rinne Sara amhlaidh leis-sean. Bhí boladh na toite ag glanadh de réir a chéile agus boladh an dá cháca ag líonadh an tseomra.

'An bhfuil tú ceart?' arsa an fear óg nuair a tháinig bean an tí ar ais. Ní bhfuair sé freagra. Chrom Nóirín ar a cuid arís, ach b'éigean di leathchasacht nó dhó a dhéanamh amhail is dá mbeadh tochas ina scornach. Shíl Sara gur dhócha go dtachtfadh an cailín bocht í féin lá breá éigin.

Chuir sí a pláta ar an urlár. Bhí a sáith ite aici.

'Gabh i leith anall anseo,' arsa Gearóid go húdarásach.

'Ní thiocfaidh! Tá mé ag iarraidh dul amach.'

'Amach?'

'Amach chuig an reilig. Tá mé ag iarraidh uaigh Sarah Seoighe a fheiceáil.'

'Ní anois, a Sara,' arsa Gearóid, 'fan go mbeidh sé ina oíche. Sin é an t-am leis an uaigh a chuardach.'

'Ach ní fhéadfaidh muid an scríbhinn ar leac na huaighe a léamh sa dorchadas.'

'Tá mise ag iarraidh píosa den cháca eile, ar aon chaoi,' arsa Nóirín agus gan suim i gcaint na beirte aici. D'éirigh sí ina seasamh gan a thuilleadh moille, agus isteach léi sa chistin go hardnósach. Ag magadh fúmsa atá sí sin, arsa Sara léi féin. Bhí áthas uirthi go raibh sí ag dul i gcion uirthi, mar sin féin.

D'éirigh Gearóid go tobann.

51

'Tá tusa an-dathúil,' arsa sé, 'an-dathúil go deo.'

Theann sé anall le Sara ionas nach raibh ach orlach eatarthu. Chuir sé láimh faoina básta lena tarraingt chuige féin. Ba léir nach raibh sé cinntc de féin. B'fhéidir go stopfadh sí é. Ach níor stop. Chuir sí a láimh suas faoi chúl a chinn, agus chuir sí fiacail faoina béal go neirbhíseach. Thaitin a chuid gruaige léi. Thaitin léi é a bheith lena taobh. Bhí a liopaí an-ghar di. Iad bog, líonta, blasta ar a béal féin. Níor phóg aon duine í ar a béal mar sin cheana. Go mall, réidh bhí a theanga ag dul idir na liopaí uirthi go fliuch. Bhrúigh sí a ghuaillí siar lena láimh, ach choinnigh seisean greim mhaith uirthi ar feadh soicind eile. Bhain sé fáscadh aisti. Ansin scaoil sé léi.

Sheas Sara ina staic san áit a raibh sí go dtí go ndearna Gearóid gáire léi. Rinne sise gáire freisin. Agus tháinig fonn uirthi arís dul síos chuig an reilig.

'Cuireann tú stop leis an nádúr i gcónaí,' arsa Gearóid go lách. 'Níor cheart duit. Dhéanfadh sé maith duit scaoileadh leis an nádúr. Dáiríre.'

Ní raibh sé sin fíor, arsa Sara léi féin go cinnte. Bhí sí ag iarraidh a bheith fásta. Ach ní raibh sí ag iarraidh a bheith leagtha suas. Tháinig Nóirín isteach sa seomra arís agus an ghaoth bainte as a cuid seolta.

'Uair ar bith a bhímse le fear, bíonn fonn orm é a choilleadh ina dhiaidh sin,' arsa sí os ard.

Rinne Gearóid gáire.

'Tú féin san áireamh,' arsa sí, agus shuigh sí síos in aice leis an bhfuinneog san áit a raibh Sara ar ball. Bhí babhla aici agus cuid den cháca milis istigh ann.

'Rachaidh mise síos chuig an reilig le Sara, má tá fonn uirthi dul ann,' arsa Gearóid.

Bhí Nóirín mar a bheadh cailín beag a raibh pus uirthi. Í ina suí ansin, ag ithe léi. Bhí Gearóid ina shuí go leisciúil cois tine agus a dhá chois sínte amach aige. Sara lena thaobh agus fonn cráite uirthi dul chuig an reilig.

* * *

'Déanaigí deifir,' arsa Sara in ard a gutha agus í ag rith léi chun cinn ar an mbeirt eile. Chuir Nóirín strainc uirthi féin le drochmheas ar an gcailín eile agus a cuid sceitimíní. Bhí scairf dhubh caite thar a dhá ghualainn aici, agus Gearóid ag siúl lena taobh. Lean siad an cosán síos go dtí an bóthar. Ach ansin dúirt Sara gurbh fhearr léi dul trasna na ngarranta agus teacht amach ar an mbóthar taobh thiar dá teach féin. Bhí a máthair sách grinn, agus níor mhaith léi go bhfeicfeadh sí iad ar a mbealach go Ros na gCaorach. Níor stop Nóirín ag gearán faoi na claíocha agus na geataí ach fós féin choinnigh sí leo.

Séipéilín beag, bán a bhí ann. Fuinneoga caola, fada ann agus gan dath ar bith sa ghloine. Agus claí íseal timpeall air le teach Dé agus tearmann na marbh a choinneáil slán. Bhí croí Sara ag preabadh agus í ag dul tríd an seangheata meirgeach agus an bheirt eile ina diaidh. Ní raibh a fhios aici beag ná mór cén áit ba cheart tosú ag cuardach. Sin rud nár chuimhnigh sí air. Thuig sí anois go raibh na céadta uaigheanna ann. D'fhéadfadh duine dul i bhfolach ann. Agus lán na súl a bhaint as na hiarsmaí. Na mairbh fúithi agus iad saor ó phian. Na céadta díobh agus iad sínte i gcré na cille. Leaba an duine acu. Cnámha gan bheocht. An smior agus é tirim.

Léigh sí cuid de na hainmneacha faoi dheifir. Bhí na

huaigheanna ba ghaire don chosán thar a bheith sean. Leacht beag, liath ar chuid acu. Fiailí agus driseacha go fairsing. Nuair a smaoinigh Sara ar na corpáin lofa sa chré, tháinig fuacht an aoibhnis ar a craiceann. Iad i bhfolach faoi na sceacha. Iad á gcreimeadh de réir a chéile ag cruimheanna agus luchain agus feithidí agus salachar.

Chuaigh an fuacht agus an faitíos síos trí chnámh a droma. Rinne sí damhsa beag ó uaigh go huaigh in aice leis an gcosán. Má bhí sí féin le bás a fháil, ba mhaith léi tuar ceatha mar dhíon ar an uaigh. Faoin gcré. Agus braonta báistí gan olc gan pheaca. Ba mhaith léi luí go deo san áit nach mbeadh na fir ag crúbáil uirthi.

Bhí an oíche ag titim faoin am seo. Bhreathnaigh Sara go grinn ina timpeall. Chuaigh sí anonn agus anall ó leacht go leacht. Ag breathnú. Ag léamh. Ar aghaidh léi arís ansin.

'An bhfuair tú é?' arsa Gearóid ar ball. Bhí seisean thíos i dtóin na reilige, áit nach raibh sna seanuaigheanna ach stumpaí dubha cama mar a bheadh drochfhiacla i mbéal duine. Seans nach raibh teacht ar an Sarah eile. Seans gur i bhfolach sna driseacha a bhí ag plúchadh na mballaí a bhí sí. Seanuaigh. Seanuaigh nach raibh duine ar bith sásta aire a thabhairt di. Seanuaigh a bhí imithe ó léargas. I dtír i bhfad ó bhaile. Áit a raibh adharca fada ar na ba. Agus gan seafóid ar na mná óga. Agus Sara í féin ag teacht ina ndiaidh.

'Ní cheapfainn go bhfuil sí anseo,' arsa Nóirín. Bhí tuirse uirthi. Ní raibh aon mhaith inti ag cuidiú leo. Ní ghéillfeadh sí dóibh. Ní raibh sí sásta na scríbhinní a léamh. Bhí sí dall ar chiall na bhfocal.

'Shíl mise go mbíodh go leor daoine ag breathnú ar an uaigh,' arsa Sara. 'Ba rud nádúrtha é dul ag breathnú ar uaigh. Nach anseo a cuireadh í?'

'Bhí an iomarca náire orthu,' arsa Gearóid.

Bhí iontas ar Sara. Ní raibh ciall ná réasún leis sin. Náire a bheith ar dhaoine faoi rud mar sin. Fuair sí bás in áit géilleadh don amhras a bhí uirthi, ná bacadh le saol na ndaoine. Ba dheacair bás a fháil mar sin. Níorbh ionann é agus dul san ísle brí de réir a chéile agus bás a fháil le haois. Faoiseamh a bhí sa chineál sin báis. Ní mar sin a tharla. Agus ní bás uafásach de bharr timpiste a fuair sí ach oiread. Ní de thimpiste a bhí toil chomh láidir sin aici.

Bhraith Sara neart ag teacht inti. San áit sin. I measc na n-uaigheanna. Bhí sí beo, beathaíoch, láidir. Ach bhí sí folamh. Ní raibh neart ar bith ag teacht inti ón talamh. Ar na rudaí glasa a bhí an locht faoi sin. Bhí an torthúlacht ghlas ag plúchadh an tsaoil. Í ag fás faoi na cosa. Ag breith ar dhuine. Á shlogadh. Rud santach a bhí sa ghlaise.

Ní raibh rud ab fhearr le croí Sara an nóiméad sin ná na páirceanna máguaird a fheiceáil faoi uaigheanna. Na huaigheanna mar a bheadh crainn ann agus an ghaoth ag iarraidh damhsa a bhaint astu. Léigh sí tuilleadh ainmneacha faoi dheifir. Seanainmneacha cuid acu: Éanna agus Macdara. Bhí ainmneacha coitianta ann chomh maith: Máirtín agus Bríd. Ainmneacha áille cuid acu: Sorcha, Sara, Sarah. Ach ní raibh Sarah ar Sheoigeach ar bith ann. Ní raibh a leithéid de dhuine ann. Ní fhéadfadh duine ar bith ón áit suí tamall sa reilig agus a rá go raibh Sarah Seoighe i measc a sinsear faoin bhfód. Nár mhór an easpa carthanachta gan uaigh a cheadú don chailín bocht? Fuair sí bás fadó, fadó. D'éalaigh a hanam leis. Ach cár cuireadh an corpán? Cén áit? Cé acu uaigh?

Chuimil Sara a dhá láimh síos lena colainn féin. Mar is feoil, craiceann agus cnámha a bhí inti féin chomh maith.

Mura raibh uaigh aici, cén suaimhneas a bhí i ndán di? Cén codladh a dhéanfadh sí mar a dhéanfadh cailín beag ar bith a bhí ag fás?

Rith sé léi ansin gur bhia a bhí ag fás ina timpeall. Ní raibh a fhios aici go díreach cén cineál bia a bhí ann. Plandaí gan ainm ag brú aníos tríd an talamh. Níor thuig siad sin an fhírinne. Bhí siad faoi chois. Bhí siad le marú. Leis an duine a bheathú. Beatha na mbréag. Beatha gan chreideamh. Na plandaí glasa ag síolrú. Le seilfeanna Mháire an tSiopa agus gach Máire eile a líonadh. Go hamaideach. Go suarach. Ní raibh súil leis go mbacfadh bean siopa le bia murar bia canna é. Shéan daoine mar í an uaigh ar an duine ba láidre agus ba chliste dár mhair san áit riamh. Ach an féidir dáiríre nár cuireadh sa reilig seo í? Bhreathnaigh Sara ina timpeall agus lagmhisneach uirthi. Bhí a croí folamh. Folamh ar fad. Ach bhí an Sarah eile láidir, bródúil, agus lig sí di féin dul i laige os comhair na ndaoine. Mar gheall nach raibh náire ar bith orthu. Ní raibh náire ar bith orthu lán na súl a bhaint aisti.

Bhí an méid sin le léamh i leabhar Ghearóid. De réir an leabhair, bhí sí in áit éigin i gcré na cille. Agus gan rian ar bith ann den phearsa faoi leith a bhí inti. Gan rian na huaighe ann. Í ina maighdean gan bheatha. Ach ba é mian na bhfear ó ghlúin go glúin an talamh a shaothrú agus an fómhar a bhaint. An síol a chur agus clann a thógáil. Bhí an duine i gcónaí ag cur sa talamh. Agus ag baint na dtorthaí. Na beo ag cur na marbh sa talamh. Ach cén fómhar a bhí le baint dá bharr sin? Ba mhian léi féin fómhar na reilige agus na huaighe a bhaint. Lán glaice a fháscadh lena hucht. An beart torthúil a thógáil ina dhá láimh.

Rith sí suas go dtí binn an tséipéil. Bhí an oíche ag titim

ar an ngleann de réir a chéile. Ach oíche gheal a bheadh ann agus gan scamall ar bith ann. Uaigheanna gan tábhacht. Gan leacht. I measc na ndriseacha. I measc na bhfiailí. B'ionann a bheith gan uaigh agus a bheith gan sloinne. Gan sloinne, gan ainm, gan aon rud.

'Céard atá ort? An bhfuil tú ceart go leor?'

Bhí Gearóid á lorg. Bhí an-fhonn air a láimh a chur timpeall uirthi. Rinne Sara iarracht a éadan a scríobadh lena cuid ingne, agus lig sí scread aisti a bhain macalla as na clocha ciúine. Rith sí uaidh ansin. Bhí Nóirín in aice leis an ngeata iarainn. Ní raibh sí le feiceáil ach ar éigean de réir mar a bhí an solas ag dul i léig. Cruth duine. Sin an méid.

'Amach as seo libh, as ucht Dé. Is uafásach an áit é seo. Rachaidh muid go dtí an pub. Bheadh sé chomh mhaith againn dul go dtí an pub nuair a chuir muid de stró orainn féin teacht chomh fada seo.'

Níor thug Sara freagra uirthi, ach bhain sí croitheadh as a ceann. Bhí sí seo ag iarraidh bás a fháil, arsa sí léi féin. Í ina seasamh ansin ag iarraidh an bás a mhealladh. Ach sin rud nárbh fhéidir a dhéanamh. Ní raibh rud ar bith chomh dorcha leis an mbás. Chomh dubh le pic a bhí Nóirín. Chomh dubh leis an ngual. Agus an ghin sin a bhí aici ina deatach dubh i gcúlseomra in ospidéal éigin. Nach maith a bhí a fhios ag Sara é! Ní óinseach a bhí inti. Nach bhfaca sí a dóthain den chineál sin ruda san ospidéal a raibh sí féin ann?

'A bhitsín.' Gheit Sara. Bhí Gearóid tar éis teacht aniar aduaidh uirthi go ciúin.

'Mise an t-aon duine againn nach ndeachaigh ar an leaba le duine eile fós.'

'Is bitsín ceart thú, muis. Féach an rud a rinne tú orm.'

Chas Sara timpeall agus bhreathnaigh sí air.

'Ní fheicim aon rud. Ar éigean a leag mé láimh ort.'

'Níor éirigh leat. Ach bhí olc an diabhail ort.'

'Bhí rud ortsa ar ball, nach raibh?'

Is í an phóg a bhí i gceist aici. Is ar Ghearóid a bhí an t-olc anois, ach chas Sara uaidh agus labhair sí go mín, lách. 'Tá Nóirín ag iarraidh dul go dtí an pub. Ach tá mise ró-óg. Tá mé ró-óg le rud ar bith a dhéanamh, agus d'fhás mé rósciobtha,' arsa sí go mall, agus d'éag a glór.

* * *

'Nach fada gur tháinig tú!' arsa a máthair nuair a tháinig Sara an doras isteach. 'Bhí mé ag déanamh imní. Tá sé ag éirí dorcha.'

'Tá brón orm, a Mham,' arsa Sara go fírinneach.

Bhí a máthair ina suí cois teallaigh agus barra amháin lasta sa tine leictreach aici. Bhí leabhar ar a glúin. D'éirigh sí, agus chuir sí an leabhar ar ais ar an tseilf.

'An íosfaidh tú rud éigin?'

'Níl aon ocras orm, go raibh maith agat.'

'Cupán tae?'

'Ní bheidh, go raibh maith agat.'

'Dúirt mé nach n-íosfainn féin aon rud nó go dtiocfá ar ais.'

'Níl mé ag iarraidh *frig all* a ithe,' arsa sí go drochmhúinte. Chuir sí canúint na háite uirthi féin d'aon turas le cantal a chur ar a máthair.

'Tá go maith, a stór. Agus cuimhnigh ar an méid a dúirt Mam faoi bheith ag eascainí. Is rud mímhúinte é. Ní deas é ag cailín óg cosúil leat féin.'

Bhí a máthair ag déanamh a seacht ndícheall an t-aighneas a sheachaint. Shíl sí gur cheart di sin a aithint.

'Tá brón orm, a Mham.'

'Tá tú ceart go leor, a stór. Is dócha go raibh lá fada agat.'

Shílfeá gur le páiste beag a bhí sí ag caint, arsa Sara léi féin. Páistín beag, óg. Páistín beag, soineanta.

'Cá raibh tú i gcaitheamh an tráthnóna?'

'Casadh Gearóid dom. An *lad* sin ar thug muid síob dó go hUachtar Ard.'

Scanraigh an mháthair, ach choinnigh sí guaim uirthi féin ar mhaithe lena hiníon.

'Ní dóigh liom gur maith an comhluadar duit é, a Sara. Is maith an rud thú a bheith i measc daoine óga, ach tá sé i bhfad níos sine ná thú, agus ní dóigh liom go mbeadh d'athair róshásta.'

Bhí sí ag iarraidh an rud ceart a rá agus tharraing sí an t-athair isteach sa scéal ar mhaithe le tacaíocht.

'Cén aois é, meas tú?'

'Níl a fhios agam. Níor fhiafraigh mé de.'

'Déanfaidh mé cupán tae.'

'Níl mé ag iarraidh tae,' arsa Sara go láidir, agus lean sí a máthair isteach sa chistin.

'Dom féin atá mé á dhéanamh, a stór.'

'Ó, ceart go leor. Sílim go rachaidh mise a chodladh.'

'Fan go fóill. Ná himigh orm arís, maith an cailín. Bhí tú amuigh i gcaitheamh an tráthnóna in éineacht leis an *lad* sin. Fan le Mam ar feadh tamaill, maith an cailín.'

'Níl mé ag iarraidh. B'fhearr dom dul a chodladh. Sin an chaoi a bhfuil sé.'

'Céard atá i gceist agat? An bhfuil tú ceart go leor? Céard atá ort?'

Shiúil Sara anonn chuig a máthair a bhí ina seasamh ag doras na cistine. Chuir sise an citeal ar siúl, agus chas sí i dtreo a hiníne. Lig Sara osna.

'Beidh mé níos fearr ar maidin.'

'Níos fearr? Céard atá ort?'

'Rud ar bith. Tá mé ceart go leor.'

Shlíoc sí a cuid gruaige go mall, mín. Chas sí ar a sáil. Ach bhí glór a máthar fós á coinneáil sa chistin. Agus a phort féin ag an gciteal.

'A Sara, tá puiteach ar do bhróga. Cén áit a raibh tú ar chor ar bith?'

'Sa reilig.'

'Sa reilig! Chuaigh tú chuig an reilig ag cuardach uaigh Mhamó gan é a rá liom. Nár gheall mé duit go dtabharfainn ann thú uair éigin?'

Mamó! Bhí dearmad glan déanta aici ar Mhamó! Bhuail náire í go tobann. Nach uafásach an rud é go ndearna sí dearmad ar Mhamó? Ba chuma ach bhí sí tar éis a bheith ag satailt ar na huaigheanna. D'fhéadfadh a leithéid tarlú do dhuine ar bith. Ní uirthi féin a bhí an milleán. D'imigh an náire arís.

'Ag cuardach uaigh Sarah Seoighe a bhí mé,' a dúirt sí go fuarchúiseach.

'Sarah Seoighe, Sarah Seoighe, cé hí an Sarah Seoighe seo?'

Rinne Sara gáire go geanúil. Bhí sí sásta go raibh rian an aineolais ar chaint a máthar.

'Oíche mhaith, a Mham.'

'Bain díot na bróga, nó salóidh tú an áit thuas staighre.'

Rinne Sara mar a dúradh léi. Chuir sí na bróga go néata ag bun an staighre, agus chuala sí an tae á fhliuchadh leis an uisce fiuchta.

'Bain taitneamh as do chuid tae.'

Focal eile ní dúirt sí, ach suas an staighre léi. Bhí an seomra folctha thar a bheith nua-aimseartha. Seomra folctha nua-aimseartha lán le rudaí beirt bhan. Rudaí nua-aimseartha le cuidiú le cailíní ciallmhara. Rudaí a chuir ar chumas na mban freastal ar a gcuid riachtanas go compordach. Bhí sí ag cur allais anocht agus í míchompordach. Bhí a máthair le cloisteáil thíos staighre i mbun tae agus greim aráin.

Mhúch Sara an solas. Chuaigh sí isteach ina seomra féin. Ba dheas an rud an doras a dhúnadh ina diaidh. Is ina seomra féin a bhí an chuid ab fhearr de sheantroscán Mhamó. Bhí trunca mór darach ann agus hanla breá mín snasta air lena oscailt. Bhí fuinneog bheag faoin díon agus boirdín beag déanta as adhmad dearg fúithi. Bhí píosa lása timpeall ar an mbord mar a bheadh cuirtín ann. Shílfeadh duine go raibh rud faoi cheilt ar chúl an chuirtín, ach ní raibh.

Bhí an Croí Rónaofa ar an mballa. Sa chistin a bhíodh sin nuair a bhí an tseanbhean beo, ach chuir muintir Sara suas staighre é. Bhí an díon an-íseal ag taobh an tseomra, agus b'éigean do Sara féachaint leis gan a cloigeann a bhualadh nuair a bhíodh sí ag crochadh a cuid éadaigh san oíche. Chaith sí an t-éadach in aon bhurla amháin ar sheanchathaoir dhubh a bhí ar chúl an dorais. Chuaigh sí anonn chuig an scáthán lena cuid gruaige a chíoradh go mall, cúramach.

Ní raibh sí pioc sásta nach raibh uaigh ar bith ann. Ghoill sé uirthi go raibh na daoine aineolach ar an uaigh. Ghoill sé uirthi nár chreid aon duine go raibh draíocht san uaigh. Níor chreid na daoine an scéal. Níor bhac siad leis an uaigh a chuardach.

Nuair a bhí sí ar tí dul a chodladh, agus olc uirthi faoin easpa creidimh a bhí ar na daoine, bhuail an fón. Shiúil sí chomh fada leis an doras go ciúin, fiosrach. Níor mhór di a bheith cúramach, nó chloisfeadh a máthair an t-urlár ag gíoscán. Chroch sí an laiste, agus chuir sí cluais uirthi féin.

'Frank!'

Ba é a hathair a bhí ann. Bhí a máthair sásta a ghlór a chloisteáil.

'Ó, maith go leor. Tá an aimsir go breá, ar ndóigh. Buíochas le Dia gur ghlaoigh tú. Shíl mé glaoch ort aréir ach ní raibh freagra ar bith ann.'

Tost ansin.

'Ó, an mar sin é?'

Bhí tost ann arís go ceann tamaill seachas 'is ea' agus 'ní hea' agus a máthair ag déanamh iontais.

'Caithfidh tú teacht anuas, a Frank. Ní fhaca muid le coicís thú.'

D'éist an mháthair arís.

'Ná bac le do chuid leithscéalta, a Frank. Níl aon spéis agam iontu. Caithfidh tú teacht anuas. Ní ceart mise a fhágáil anseo an t-am ar fad . . . Ná bac leis an gcarr. Ní thuigeann tú mé.'

Bhí tost arís ann agus ceist eile á cur.

'Sara,' an freagra a tugadh. Rinne Sara gáire léi féin thuas staighre nuair a thuig sí gur uirthi féin a bhí siad ag caint. Is é an t-athair a bhí ag caint anois. Ní raibh a máthair ag rá rud ar bith.

'Feicfidh mé thú san oíche amárach. Tá sí bailithe a chodladh anois. Ní fiú dom glaoch anuas uirthi. . . . Oíche mhaith, a stór.'

Nuair a chuala Sara an méid sin, lig sí anuas an laiste,

agus thug sí trí chéim ar chosa beaga go dtí an leaba, chomh ciúin is ab fhéidir.

'A Sara, ar chuala tú an fón? Is é Daid a bhí ann. Beidh sé ag teacht anuas san oíche amárach. Nach bhfuil sé sin go maith?'

'Tá,' arsa Sara, agus tharraing sí an t-éadach leapa trasna uirthi féin ar fhaitíos go dtiocfadh a máthair isteach sa seomra. Ach is ar an staighre a bhí sí ina seasamh agus í ag fógairt. Síos léi ansin nuair a bhí a scéal inste aici.

Rinne Sara nead di féin faoi na pluideanna. Lig sí a ceann siar ar an bpiliúr. D'fhan sí deas socair ag ligean a scíthe. Lig sí uirthi gur uaigh a bhí sa leaba. Bhí sí te teolaí ann. Lig sí gáire ait aisti féin. Ansin bhreathnaigh sí ar an tsíleáil cham ar feadh i bhfad. Tháinig ciall chuici arís ansin. Cuireadh i leith mhuintir an Sarah eile gurbh iad féin ba chúis lena bás, agus cuireadh sa phríosún iad. Sa deireadh thiar, bhí gach duine thíos leis.

D'éirigh sí san anmhaidin agus í ag smaoineamh ar bhia. Chuir sí a cuid éadaigh uirthi go ríchiúin. Amach léi ar an áiléar ansin, agus síos staighre léi. Bhí an dá bhróg shalacha roimpi. Chuir sí uirthi go cúramach iad, agus ar aghaidh léi go hairdeallach chomh fada leis an doras. Bhain sí an glas de. Ní raibh scamall sa spéir, agus bhí leathsholas deireadh oíche ann. Shílfeá go raibh na réaltaí ag stróiceadh na hoíche agus á slogadh siar go santach.

Caibidil 5

'Caithfidh tú greim bricfeasta a ithe,' arsa a máthair go
buartha.

'Tá mé ceart go leor, dáiríre.'

Bhí trua ag a máthair di agus í ag caint léi. Bhí aoibhneas
éigin sna súile dorcha sin a ghoill ar a croí. Shuigh an
mháthair ag an mbord arís, agus rug sí ar an toitín. Tharraing
sí cupán tae di féin gan na súile a thógáil dá hiníon.

'Nach bhfuil áthas ort go bhfuil biseach orm, a Mham?'

'Is maith liom go bhfuil.'

Ba leor an focal sin le máthair agus iníon a dhéanamh den
bheirt arís, seachas maor agus iarsma sa mhúsaem, nó othar
agus banaltra san ospidéal. An bheirt ag faire ar a chéile.

'Bíonn do chuid cainte chomh stuama sin, muis. Mar a
bheadh duine fásta ann. Sin cuid den fhadhb, is dócha,'
arsa an mháthair go tuisceanach. 'Cuireann tú faitíos orm
uaireanta, mo léan.'

'An gcuirim, a Mham?'

'Mmm,' arsa sí, agus bhain sí lán scamhóige as an toitín.
'An bhfuil tú cinnte nach n-íosfaidh tú greim?'

'Cinnte, cinnte.'

Lig an mháthair an toit amach as a béal ina néal dorcha

os cionn an bhoird. Rinne an toit snámh mín faoi sholas na gréine a bhí ag taitneamh an fhuinneog isteach.

'Tá súil agam go mairfidh an aimsir bhreá go dtí an deireadh seachtaine. Ar mhaithe le Daid. D'fhéadfadh muid dul chuig an trá amárach. Ar mhaith leat é sin? Trá an Dóilín, b'fhéidir. Nó an Trá Bháin? Sin áit nach raibh an triúr againn fós. Mise is ciontach leis sin is dócha. Níl mé chomh tógtha sin leis an trá. Bíonn an gaineamh gach áit. Ach is maith leis na daoine óga an trá.'

'D'fhéadfadh muid Gearóid a thabhairt linn!'

'Gearóid? Ó, an *lad* sin. Cén áit a bhfuil seisean ina chónaí ar chor ar bith, a Sara?' Lig sí gal toite amach as a béal go mall, smaointeach.

'San Ard Mór. Áit chiúin, uaigneach atá ann. Níl sé i bhfad as seo.'

'Níl, ar ndóigh.'

'Céard a dhéanfaidh muid inniu, a Mham?'

'An bhfanfaidh tú liomsa inniu? In áit a bheith ag himeacht le haer an tsaoil. In áit a bheith in éineacht leis an *lad* sin.'

Rinne Sara gáire lena máthair go ceanúil.

'An gcodlaíonn tú go maith san oíche, dála an scéil, a stór?'

'Céard?'

'San oíche. An gcodlaíonn tú i gceart? D'éirigh mé le dul chuig an leithreas, agus chonaic mé nach raibh do dhoras dúnta. Ní dheachaigh mé isteach chugat. Níor mhaith liom thú a dhúiseacht.'

'Is dócha nár dhún mé i gceart é nuair a bhí mé ag dul a chodladh,' arsa Sara, ar nós cuma liom. Bhí sí fós ina suí ag an mbord agus í ag baint torainn as taobh an phláta leis an scian.

'Bhí sé dúnta i gceart nuair a d'éirigh mise ar maidin.'

Nach í a bhí ag faire uirthi! Doirse agus iad oscailte.
Doirse agus iad dúnta.

'An raibh? Ó, bhí, ar ndóigh. Nár éirigh mé féin aréir. I
ndiaidh duitse éirí, is dócha.'

'Nach tráthúil.'

Ach bhí an chuma ar an scéal gur chreid a máthair í.
Mhúch sí bun an toitín sa sásar leis na toitíní eile.

'Anois. Tús maith leath na hoibre,' arsa sí agus í ag éirí
ina seasamh. 'B'fhearr beagán slachta a chur ar an áit sula
dtagann d'athair. Ní fiú an iomarca a dhéanamh, ar
ndóigh. Is cuma sa tsioc leis na turasóirí a bhíonn anseo sa
samhradh. Agus ní bhíonn do Dhaid maraithe le himní ach
oiread, sílim. Is cuma leis ach an t-airgead a fháil!'

'Céard ba cheart domsa a dhéanamh, a Mham?'

'Is deas uait é a rá. Níl a fhios agam, muis. Fan go
bhfeice mé.'

'An bhféadfadh muid turas a dhéanamh sa charr inniu?
Tá fonn orm dul i bhfad ón áit seo.'

'Shíl mé go rachadh muid chuig an gClochán tráthnóna
ag iarraidh bia don Domhnach, chomh maith le cúpla rud
eile. Ar mhaith leat é sin?'

'Imeoidh muid ar maidin. Imeacht ar maidin agus lón a
ithe in áit éigin. Ní raibh lón amuigh againn le fada, fada.'

Rinne an mháthair iontas. B'fhearr léi géilleadh dá
hiníon agus gan trioblóid a tharraingt ó tharla go raibh a
fear ag teacht.

'Ceart go leor, a chroí. Tiocfaidh muid ar ais in am le
greim a réiteach do Dhaid nuair a thiocfaidh sé. Is dócha
go mbeidh sé anseo thart ar a hocht.'

'Cén t-am a imeoidh muid, mar sin?'

'Nach ortsa atá an deifir! Bí ag cuidiú liom le go mbeidh muid in ann imeacht. Nífidh tú na soithí dom, maith an cailín. Rachaidh mé féin síos chuig an siopa sa charr le toitíní a cheannach. Tá an ceann deiridh caite agam.'

Bhí Sara sásta leis sin. Ní raibh ann maidin inniu ach an cupán agus an pláta a d'úsáid a máthair ag am bricfeasta. Chuir an mháthair beagán slachta uirthi féin, agus thóg sí eochair an chairr den mhatal.

'Ní bheidh mé i bhfad,' ar sí ar a bealach amach. Ach ní raibh an dá láimh fliuchta ag Sara nuair a tháinig an mháthair isteach arís.

'A leithéid de rud!' arsa sí os ard.

'Céard é féin?'

'Bonn pollta! Dia linn. An roth deiridh Bhí sé i gceart inné. Seo leat go bhfeicc tú.'

Bhí an ceart ag an máthair, ar ndóigh. Níor léir cén fáth ar lig an bonn an t-aer amach. Ach bhí sé pollta gan amhras.

'Beidh orainn fanacht go dtaga Daid anocht,' arsa an mháthair. 'Níl aon neart air. Tá an-bhrón orm, a chroí! Ní féidir dul chuig an gClochán ar chor ar bith. Tá an diabhal déanta.'

Chuir sí a láimh timpeall ar ghuaillí a hiníne le trua.

'An bhfuil an-díomá ort? Damnú ar an diabhal carr sin.'

Bhí a fhios ag Sara go raibh siad ar aon intinn. An diabhal carr sin. Rud nua-aoiseach gan mhaith. Agus gan cor ar bith as.

'Téigh síos chuig an siopa thú féin, a stór. Nífidh mise na soithí.'

'Síos chuig an siopa,' arsa an cailín agus scéin ar a croí. Turas go dtí tír i bhfad ó bhaile a bhí ann. Anseo ab fhearr di, faoi ascaill na máthar.

'Is ea, a chroí. Is maith leat dul síos an baile de ghnáth. Déanfaidh tú píosa cainte le Máire an tSiopa. Beidh tú ag insint di faoin mbonn pollta, mo léan.'

Bonn pollta. Shílfeá gur 'Gaeilgeoir' a bhí ina máthair agus na focail bhreátha a bhí aici.

'Nár mhaith leat é sin?'

D'airigh Sara an tocht ina scornach agus iad ag dul isteach sa teach. Bhí seilfeanna an tsiopa ar snámh os comhair a dhá súil. Agus fáinní cluaise Mháire an tSiopa crochta gach áit timpeall uirthi. Praiseach mór le hábhar cainte a thabhairt dóibh. Le deis a thabhairt dóibh sraith ceisteanna a chur ar a chéile. Mar a bheadh muca allta ag sá a chéile. Faoin tuath, i bhfad ó bhaile. Ghéill Sara dá máthair, ach ní raibh sí an-sásta agus í ag fágáil an tí.

* * *

'A leithéid de chiseach ní fhaca mé riamh,' arsa Máire an tSiopa le mallacht.

Bhí Sara ina seasamh le giall an dorais ag iarraidh breathnú thar ghuaillí na mná.

'Céard a tharla?'

'Céard a tharla? Breathnaigh air seo, as ucht Dé.'

Bhí na cuirtíní dúnta. Shílfeá go raibh an siopa ag caoineadh. D'oscail Máire an doras i gceart le Sara a ligean isteach san áit a raibh an praiseach déanta.

'An bhfaca tú a leithéid riamh?'

Bhí cannaí agus paicéid caite ar fud an urláir agus an bia a bhí iontu scaipthe soir siar. Bhí púdar custaird ann, anraith agus anlann measctha le plúr, agus tae, agus caifé, agus mil, agus subh, agus torthaí, agus glasraí úra, agus slisíní feola, agus arán. Bhí gach ní ina phraiseach trasna an urláir agus an chabhantair. Bhí Sara ina staic ag baint lán na súl as an radharc agus gan focal aisti.

'Ní féidir na rudaí sin a ithe anois.'

'Iad a ithe! M'anam nach féidir. Cur amú bia. Luach na gcéadta euro.'

'Is mór an peaca é. Mór an peaca,' arsa duine de na mná a bhí sa siopa. Bhí meitheal ban ann ag cuidiú le glanadh na háite.

'Dá bhfaighinnse greim ar na diabhail, bheadh a fhios acu céard is fiú an bia seo ar fad. Nach uafásach an rud é! Mise i mo chodladh thuas staighre agus na scabhaitéirí sin ag réabadh anseo.'

'An raibh?'

'Bhí. Ba cheart na bligeaird a chrochadh,' arsa Máire. 'Dá bhfaighinnse greim orthu...' Agus d'ardaigh sí a dhá láimh san aer mar léiriú ar an rud a bhí i gceist aici. Níor thuig Sara an scéal. Agus ba chuma léi gan é a thuiscint. Is beag nár thosaigh sí ag gáire. Ba rud an-ghreannmhar daoine a fheiceáil agus iad ar buile. Gáire an chéad rud a bhuaileadh í, fiú agus í ina cailín beag. Lena hathair. Leis na múinteoirí. Nuair a bhí rud dána déanta aici. Thagadh an gáire aníos óna bolg, mar gheall go raibh sé chomh greannmhar sin daoine a fheiceáil agus gan smacht acu orthu féin.

'*Fags* atá uaimse,' arsa sí, cosúil le duine ón áit.

'Tá an t-ádh leat, a chailín. Sin a bhfuil agam go fóill.'

'Ní féidir na *fags* a ithe.'

Ach níor thug Máire an tSiopa mórán airde ar an gcaint sin. Siar léi go cúramach céim ar chéim go dtí an cabhantar.

'Bhí uafás orm nuair a tháinig mé anuas an staighre ar

maidin. Bím i mo shuí go moch ar an aimsir seo, mar gheall ar an mbainne. Fágann siad na crátaí ar an tsráid, agus bíonn an bainne géar mura dtugaim isteach é ar an bpointe. Nach bhfuil mé sa siopa seo le dhá scór bliain ag freastal ar an bpobal?'

'Nach bhfuil a fhios ag an saol go mbíonn tú ag obair go crua, a Mháire, a chroí,' arsa bean eile.

'Ní chreidim gur duine ón áit a dhéanfadh é seo orm,' arsa Máire. Thóg sí bosca toitíní ón tseilf agus thug sí anall chuig Sara iad.

'An bhfuil aon tuairim ag na gardaí cé a rinne é?' arsa an tríú bean.

'Tuairim dá laghad.'

'An raibh na gardaí anseo fós?' arsa Sara.

'Bhí siad anseo ar ball. Ghlaoigh mise orthu ar an bpointe.'

Thug Sara airgead do Mháire an tSiopa agus chuaigh sise chuig an *till* le sóinseáil a fháil. B'fhéidir go raibh a croí briste, ach bhí sí in ann an t-airgead a chomhaireamh fós. Bhí grá aici do gach pingin rua dá raibh aici.

'Sin é, a leanbh. Beidh feabhas ar chúrsaí faoin am a fheicfidh muid arís thú.'

Bhreathnaigh Sara ar an urlár le teann trua. Shílfeá gur chuir an siopa a phutóg féin amach. Mar bhronntanas do bhean an tí. Chas sí ar a sáil, agus cé a bhí lena cúl ach Nóirín. Bhí Nóirín ar a bealach isteach agus a béal ar leathadh ag breathnú ar an radharc breá.

'Níl muid ar oscailt faoi láthair, tá brón orm,' arsa Máire an tSiopa go húdarásach. 'Féadfaidh tú teacht ar ais tráthnóna.'

Cé go raibh fearg uirthi, bhí sí fós ag smaoineamh ar chúrsaí gnó. Níor mhaith léi duine a chur rófhada ó dhoras.

'Ach céard a tharla?'

'Inseoidh mise duit é,' arsa Sara go sásta. Seo rud nach raibh a fhios ag Nóirín tar éis chomh heolach agus a bhí sí. Maidir le Sara í féin, bhí an scéal ar fad aici. Rug Sara greim ar uillinn ar an mbean eile agus thug sí amach í faoi theas an lae.

'Céard sa diabhal...?'

'Dream éigin a bhris isteach.'

'Leathdhosaen uibheacha a bhí uaimse. Tá seascach ar na cearca sa bhaile.'

'Tá gach ubh san áit seo ina smidiríní. Gach ceann beo.'

'Beidh ar Ghearóid déanamh dá bhfuireasa, mar sin. Cá fhad ó thosaigh tusa ag caitheamh?'

'Do Mham iad seo,' arsa Sara, agus chuir sí an paicéad síos i bpóca mór an ghúna samhraidh a bhí uirthi.

'An bhfuil tú ag dul abhaile anois? Níl do mháthair i bhfolach in áit éigin leis an gcarr, an bhfuil?'

Bhí Nóirín an-mhilis ar maidin, arsa Sara léi féin. B'annamh léi. Ach fós féin ní raibh an croí ina cuid milseachta. Milseacht na mbanaltraí a bhí ann.

'Níl,' arsa Sara, 'bhí roth pollta againn. Níl a fhios agam cén chaoi. Níl Mam sásta é a athrú. Féadfaidh Daid é a dhéanamh nuair a thiocfaidh sé anocht, a deir sí.'

'An maith leat do mhuintir?'

'Is dócha gur maith.'

'An maith leat Gearóid?'

Chuimhnigh Sara uirthi féin. Níor thaitin ceisteanna léi nuair nach í féin a bhí á gcur. Go mór mór ceisteanna mar gheall ar Ghearóid. Ba chuimhin léi iad a bheith taobh le chéile. Agus boladh a chraicinn. Agus na súile gealgháireacha. Agus an teanga á sá féin isteach inti.

71

'Níl a fhios agam.'

B'fhearr léi dán breá fada a aithris mar fhreagra. Ach bhí na mothúcháin féin ag éirí tanaí uirthi. Agus chuaigh na focail chearta amú uirthi.

'An bhféadfaidh muid siúl abhaile le chéile?' arsa Nóirín. 'Is é an bóithrín céanna é.'

'Is cuma liom.'

'Ba cheart dúinne a bheith mór le chéile. Níl a fhios agam céard a cheapann tusa díomsa, ach tá mise mór leatsa, go bhfóire Dia orainn. Tá sé an-deacair ar bheirt chailíní a bheith mór le chéile. An-mhór le chéile, mar a déarfá. Bíonn sé níos éasca ag na fir. Ní bhíonn na fir ag coimhlint le chéile. Ní hionann agus na mná.'

Níor shíl Sara go mbeadh Nóirín chomh cainteach sin go brách. Chaithfeadh sí a bheith cúramach. Ach ní raibh a fhios aici cén fáth. Sin é ba mheasa. Ní raibh a fhios aici cén fáth a bhí le rud ar bith.

'Nach fíor dom é, meas tú? Nach mbíonn na mná i gcónaí ag coimhlint le chéile? Mar gheall ar éadach. Mar gheall ar an gcuma a bhíonn orthu. Ach go mór mór mar gheall ar na fir.'

Nach agatsa atá an chiall inniu, a shíl Sara.

'Tá go leor cairde ag Mam ach níl mórán agamsa,' a dúirt sí ansin.

'Cén fáth?'

'Bhí mé tinn.'

'Ó, is fíor duit.'

Ar bhealach ba bhreá léi a bheith mór le Nóirín. Ach ní raibh sí cinnte an éireodh léi.

'An maith leat a bheith i do chónaí le Gearóid?'

'Is maith. *Lad* deas é Gearóid.'

'Nach bhfuil sé ag iarraidh dul ar an ollscoil nó rud éigin?'

'Rud éigin seachas a bheith ar an dól, ab ea?'

'Is dócha.'

'Tá sé sásta go leor, déarfainn. Ach níl a athair róshásta. Tá rudaí eile i gceist aigesean. Tá sé maraithe ag iarraidh ar Ghearóid feabhas a chur air féin.'

'Cé hé an t-athair?'

'Tá sé ag obair le RTÉ i mBaile Átha Cliath.'

'An bhfuil cáil air?'

'Síleann sé féin go bhfuil. Ach níor chuala mise caint air in áit ar bith.'

Duine eile a bhí ag obair i mBaile Átha Cliath, arsa Sara léi féin. Sin ceangal eile eatarthu. Thaitin sé sin léi. Ach bhí faitíos uirthi cluiche an ghrá a imirt. Is ag na fir a bhíonn an lámh in uachtar i gcluiche an ghrá. Sin é an port a bhí ag a máthair. Ní raibh Sara cinnte an le taithí ar na cúrsaí sin a dúirt sí é. Ní raibh sí cinnte go deimhin ar thuig a máthair an rud a bhí i gceist aici féin.

'An bhfuil tú ag iarraidh dul in éineacht le Gearóid?'

'Dul in éineacht leis cén áit?'

'Á, tá a fhios agat féin.'

Bhí a fhios aici, ar ndóigh. Tháinig snaidhm i mbolg Sara. Bhí a fhios aici, ar ndóigh, ach ní raibh sí ag iarraidh é a dhéanamh. Ní raibh sí ag iarraidh go leagfadh duine ar bith láimh uirthi. Seachas na dochtúirí, ar ndóigh. Bhí siad sin ceart go leor. Bhí siad sin cliniciúil, cúirtéiseach i gcónaí. Níor lig siad do na mothúcháin dul thar fóir. A gcuid méar go bog, fuar ar a bolg.

'*Lad* deas é Gearóid. Mór an spórt é!'

Bhí aiféala ar Sara gur thosaigh sí ag caint léi seo beag ná mór. Is cosúil gur airigh Nóirín an fuacht sin. 'Féadfaidh tú é a insint domsa, tá a fhios agat,' arsa sí, 'féadfaidh tú gach rud a insint dom. Cairde atá ionainn anois.'

Rith Sara léi suas an t-ard go beo. Mar a bheadh páiste ag imeacht leis.

'Ceart go leor, mar sin. Ná bac,' arsa Nóirín os ard, agus í ag rith ina diaidh.

Chuala Sara an cailín eile ag teacht agus torann ag an ngúna mór mar a bheadh seol ann.

'Tá brón orm,' arsa Nóirín os ard. 'Ní déarfaidh muid aon rud faoi na rudaí sin mura bhfuil tú ag iarraidh. Is cuma liom féin é a rá amach díreach, ar ndóigh.'

Ó dúirt Nóirín go raibh brón uirthi, stop Sara den rásaíocht, agus sheas sí soicind nó dhó nó gur tháinig an cailín eile suas léi. Ba í Sara ab airde den bheirt. Tharraing sí anáil mhór. Bhí sí idir dhá chomhairle ar cheart glacadh leis an leithscéal.

'Nach ndúirt mé nach bhfuil sé éasca ar na mná a bheith mór le chéile?'

Bhain Sara tráithnín féir ar thaobh an bhóthair, agus chas sí faoina méar é. Chuir comhluadar na ndaoine tuirse uirthi i gcónaí. Is beag taitneamh a bhí le baint as a gcuid cainte. Ba chuma fad is nach leanfaidís í. Sin é an fáth arbh fhearr léi síneadh ar an leaba agus ligean uirthi go raibh sí tuirseach. Ionas go n-imeodh na cuairteoirí. Agus a gcuid bronntanas a fhágáil ina ndiaidh. Dá mbeadh ciall ag na cuairteoirí, d'fhágfaidís suaimhneas ag an té a bhí tinn. Cosúil leis na ríthe a d'fhág rudaí luachmhara ina ndiaidh. An áit a fhágáil faoi chuairteoirí eile.

'Seo é an teach s'againne,' arsa Sara go croíúil.

'Agus sin an bonn pollta,' arsa Nóirín nuair a tháinig siad i leith. 'Tá leathmhaing ar an gcarr.'

'An bhfuil?'

'Cuimhnigh ar an rud a dúirt mé. Maidir leis an mbeirt againne. Tá go leor den saol feicthe agam. Agus ní fhaca tusa aon rud fós, an bhfaca?'

'Ní fhaca,' arsa Sara go dúr.

Shlogfadh an bhean eile seo na fir chun í féin a bheathú. Chuirfeadh aithne na bhfear síneadh ina cuid géag. Agus gheobhadh sí bás leis an ocras mura mbeadh fear aici.

'Cén fáth a bhfuil Gearóid ina chónaí i Ros na gCaorach?'

Bhí an misneach agus an dánaíocht i Sara anois le féachaint sa dá shúil ar Nóirín. I mBaile Átha Cliath ba cheart do Ghearóid a bheith.

'Tá go leor daoine ar fud na tíre ag iarraidh éalú ó na bailte móra.'

'Tá daoine sna bailte móra a bhíonn ag éalú ó rudaí freisin. Ach níl a fhios acu céard uaidh a mbíonn siad ag éalú.'

D'fhág siad slán ag a chéile, agus chuaigh Sara isteach sa teach. Bhí turas aonair roimh Nóirín go hArd Mór.

'Cé hí sin?' arsa an mháthair, mar chonaic sí an bheirt ag fágáil slán ag a chéile tríd an bhfuinneog thuas staighre.

Thug Sara faoi deara go raibh malairt éadaigh uirthi. Treabhsar breá dearg a bhí á chaitheamh aici anois, agus blús bán.

'Tá sí ina cónaí le Gearóid,' arsa Sara, agus shín sí an paicéad toitíní chuici.

Thóg an mháthair iad go smaointeach agus í fós ag féachaint an fhuinneog amach ar an gcailín a bhí ar a bealach abhaile.

'An mar sin é!

* * *

75

'Is liomsa an teach seo,' arsa Sara go cinnte, ach ní raibh aird ag a máthair uirthi.

'An leat, a stór? Ó, is ea, is fíor duit. Cé mhéad atá ag dul duit?'

Drochaisteoir a bhí inti, arsa Sara léi féin, agus ba léir go raibh déistin uirthi.

Lean an bheirt ar aghaidh leis an gcluiche. Bhí an lámh in uachtar ag Sara, agus bhí sí ag casadh an airgid bhréige timpeall ar a méar. Bhí a máthair tar éis a bheith sa phríosún faoi dhó, agus ní raibh teach ná óstán aici. Ach ní raibh sí ag smaoineamh ar an gcluiche *Monopoly*. Ag imirt leo mar sin a bhí siad agus gan mórán spéise acu ann nuair a chuala siad torann na mbróg ar an gcosán taobh amuigh.

'An doras!' Ba léir go raibh fáilte ag an máthair roimh an gcuairteoir. D'éirigh sí de léim go bhfeicfeadh sí cé a bhí ann.

'Dia dhaoibh!'

Gearóid a bhí ann. Bhí straois mhór ar a éadan dathúil.

'Tú féin atá ann,' arsa bean an tí go ciotach, agus tharraing sí a láimh go neirbhíseach trína cuid gruaige le cinntiú go raibh sí i gceart.

'Dúirt Nóirín go bhfuil bonn pollta agaibh. Athróidh mise an roth dhaoibh más mian libh.'

'Tá sé ceart go leor, go raibh maith agat.'

'D'fhéadfadh sibh dul amach ansin.'

'Tá sé rómhall anois. Tá sé tar éis a trí a chlog. Tá m'fhear céile ag teacht as Baile Átha Cliath anocht.'

'Cén dochar? Déanfaidh mise duit é. Ní bheidh airsean bacadh leis ansin. Ar ndóigh, caithfidh mé cúiteamh a dhéanamh leat as an tsíob a thug tú dom go hUachtar Ard.'

'Ó, tá go maith,' arsa an mháthair. 'Tiocfaidh mé amach

agus taispeánfaidh mé duit é. Fan go gcuire mé cairdeagan orm féin. Tá fuacht ann inniu, nach bhfuil?'

Tháinig bean an tí isteach arís.

'Cén chaoi a bhfuil Sara?' arsa Gearóid, mar bhí amharc aige uirthi ón tairseach.

'Cén chaoi a bhfuil tú?' arsa sise.

'Seo,' arsa an mháthair. Bhí an cairdeagan caite thar a dhá gualainn aici leis an deifir a bhí uirthi. Chuaigh sí amach chomh fada leis an bhfear óg, agus dhún sí an doras ina diaidh.

D'éirigh Sara ina seasamh go mífhoighdeach. Bhí sí fágtha léi féin arís. Ní bheadh deireadh go deo leis an gcluiche. Nár chuma faoi shráideanna Bhaile Átha Cliath, ar aon nós? *Monopoly*, muis! Chuaigh sí anonn chuig an bhfuinneog, ach ní raibh amharc ceart aici ar an gcarr. Bhí glór na beirte le cloisteáil, áfach. Glór Ghearóid agus glór a máthar. I ndiaidh a chéile. Ag caint agus ag gáire. An bheirt.

Chas sí timpeall arís, agus bhreathnaigh sí ar fud an tseomra. Shuigh sí síos. Nach ait an rud a bheith taobh istigh ag éisteacht le daoine ag obair taobh amuigh? arsa sí léi féin. Rud cosúil le bheith i gcliabhán éadrom ar shruth láidir uisce. Tonnta a bhí i dtormán na cainte agus gan tuiscint ar bith le baint astu.

Bhí an bheirt amuigh ag plé leis an gcarr go ceann leathuair an chloig. Bhí magadh agus sacadh le cloisteáil ó am go chéile. Fuaimeanna meicniúla ó am go chéile ansin. Fuaimeanna nach raibh a fhios ag Sara céard iad féin. Isteach leis an mbeirt sa chistin ar ball, agus isteach le fuaim na cainte sa teach.

'Tá mé an-bhuíoch díot,' arsa an mháthair. 'Ach féach do

gheansaí. Tá sé ina phraiseach. Agus chuimil sí láimh de ghuaillí an fhir.

'Ó! A Sara. Ansin atá tú.'

Shiúil Sara céim nó dhó i dtreo lár an tseomra.

'Tá sé ceart go leor; ná bíodh imní ar bith ort,' arsa Gearóid. 'Cuir síos an citeal, a Sara. Déanfaidh muid cupán tae do Ghearóid.'

Chuaigh Sara ag líonadh an chitil go deas múinte. Bhain an mháthair a láimh de ghuaillí Ghearóid le cupáin ghlana a fháil sa chófra. Shuigh Gearóid ag an mboirdín beag sa chistin. Bhí siad uile in ann a bheith an-bhéasach ar fad nuair ba ghá sin.

* * *

Ní raibh an fear óg ach imithe chomh fada leis an ngeata ag bun an gharraí nuair a thug an mháthair iarraidh den teanga di.

'Cén fáth nach ndúirt tú liom gur goideadh rudaí as an siopa aréir?'

'An bhfuil tú ag iarraidh an cluiche a chríochnú?'

'Céard chuige nach ndúirt tú liom é?'

'Is leatsa an imirt.'

'Bhí sé ina phraiseach ar fad sa siopa ar maidin, más fíor don *lad* sin. Thosaigh sé ag cur síos ar an scéal agus, ar ndóigh, ní raibh tuairim agamsa céard a bhí i gceist aige. Ghlac seisean leis gur chuir tusa ar an eolas mé, agus ní raibh mé ag iarraidh ligean orm go raibh mé dall ar an scéal. Is deas an óinseach a bhí ionam, bíodh a fhios agat!'

'Níor goideadh aon rud, a Mham,' arsa Sara go ciúin. 'Chuir siad an áit trína chéile, sin an méid.'

'Sin a shíl mé féin. Ach cá bhfios duitse é? Cá bhfios duitse é, a Sara? Bhí Gearóid ag iarraidh rud éigin a rá. Dúirt sé nach ndéanfadh duine ar bith é sin ach an té ar fuath leis bia. Céard a bhí i gceist aige, a Sara? Freagair mé! Freagair mé!'

Rug an mháthair greim ar uillinn ar a hiníon ionas gur líon na deora a dhá shúil.

'Freagair mé, a Sara. Cén fáth nár inis tú dom faoi nuair a tháinig tú ar ais ón siopa ar maidin?'

'Rinne mé dearmad.'

'Céard atá ar eolas agat faoi seo? Bhí tú i do shuí aréir, nach raibh? Freagair mé.'

'Níl a fhios agamsa tada faoi,' arsa sí de thocht agus na deora léi. 'Ní ormsa atá an locht. Ní mise a rinne é,'

Rug sí greim dhocht ar chúl mhuincál a máthar. 'Ní hí Sara a rinne é. Ní hí!'

Caibidil 6

Bhí cúis mhaith ag Sara gan doras a seomra a dhúnadh an oíche sin. Tháinig a hathair thart ar a hocht, agus ó chuaigh sise a chodladh, bhí deireadh leis an gcaint mhilis, mhúinte. Bhí caint i bhfad níos dírí ar siúl thíos staighre anois.

Bhí a máthair ag tabhairt na soithí caifé isteach sa chistin nuair a dúirt sí oíche mhaith léi, agus is cosúil gur ann a bhí sí fós. Ní raibh smid le cloisteáil sa seomra suite ach clingireacht á baint as gloine. Is dócha go raibh a hathair ag líonadh braon le hól don bheirt acu.

Chuir fear an tí an buidéal ar ais sa chófra, agus thug sé leis an dá ghloine anonn chuig an teallach. Leag sé ceann ar an matal.

'Ólann tú i bhfad an iomarca fós,' arsa an mháthair nuair a tháinig sí ar ais ón gcistin. Dhún sí an doras ina diaidh.

'Ní ólaim leathoiread is a d'ólainn cheana. Caithfidh fear gnó braon a ól má tá ag éirí go maith leis. Is beag laige eile a bhíonn air. Ach ní ólaim leathoiread anois. Tá an dochtúir lánsásta. Nach ndúirt sé liom é an lá cheana?'

'Tá sé lánsásta glacadh le do chuid airgid, a Frank. Ach cén mhaith domsa aon rud a rá leat?' arsa sí go searbh.

Shuigh sí ar aghaidh a fir, ag stánadh ar an tine leictreach agus barra amháin lasta ann.

'An itheann tú do dhóthain ó d'imigh mé?'

'Ithim an-bhéile. Téim amach go hiondúil. Nó fágann Bairbre greim sa chuisneoir an lá a ghlanann sí an teach.'

'Ba cheart go mbeinnse ann le haire a thabhairt duit.'

'Is fearr liomsa thú a bheith anseo ag tabhairt aire do Sara,' arsa seisean.

Lig sí osna, mar ní raibh sí ar aon intinn leis.

'Tá cuma mhaith ar Sara anois, nach bhfuil?'

'Tá, cinnte, an-mhaith ar fad,' arsa sise.

'Cén imní a bhíonn ort i gcónaí nuair a ghlaoim oraibh, mar sin? Leithscéal le mé a tharraingt anuas anseo, ab ea? Shílfeá nach dtiocfainn ar aon nós.'

'Ní hea, a Frank!' arsa sise go láidir. 'Ní thuigeann tú an scéal. Ní thuigeann tú Sara. Síleann tú fós nach bhfuil inti ach cailín beag. Ach ní thuigeann tú an t-athrú atá tagtha uirthi. Agus ní thuigeann tú an t-athrú atá tagtha ormsa ach oiread.'

'Bíodh ciall agat. Bhí sí tinn, sin an méid. Níl uaim ach go mbeadh sí cosúil le daoine eile arís. Sin an méid. Tá sí faoi do thioncharsa, ar ndóigh. Tuigim féin é sin.'

'Ach is fearr léi thusa ná mise,' arsa an mháthair go míshásta.

Bhí tost ann ansin. D'ardaigh Sara a ceann den philiúr ar fhaitíos gur i gcogar a bhí siad ag caint le chéile. Bhí gach rud le cloisteáil go breá aici ón leaba. Bhí a fhios aici nach raibh cogar ar bith eatarthu. Ach tost.

'An ólfaidh tú braon eile?' arsa an t-athair.

'Ná hól tuilleadh, a Frank,' arsa an mháthair go crosta. 'D'éireodh do mháthair aniar san uaigh dá mbeadh a fhios aici go mbíonn tú ag ól go trom.'

'Is maith an rud gur thug mé liom cúpla buidéal, sílim féin. Ní bhíonn deoir sa teach agatsa.'

'Bhí fonn orm braon a ól uair nó dhó ó tháinig mé anseo, bíodh a fhios agat. Ach níl aon *off licence* i Ros na gCaorach. Níl fós, ar aon nós. A Frank, dá mbeadh a fhios agat cé chomh bréan is atáim den áit seo.'

'Tá an carr agat, nach bhfuil?' arsa an t-athair.

'Ná labhair ar an diabhal carr, go bhfóire Dia orainn,' arsa an mháthair. Ansin smaoinigh sí ar an rud a bhí ráite aici, agus thosaigh sí ag gáire. Thosaigh an t-athair ag gáire freisin. Chuir Sara cluais uirthi féin go dáiríre. Céard a bhí ag tarlú anois? Póg? Meangadh?

'Inseoidh mé an fhírinne duit. Bíonn Sara amuigh léi féin cuid mhór den am,' arsa an mháthair faoi dheireadh. 'Chuir sí aithne ar an *lad* seo, Gearóid. Tá sé ina chónaí ar an sliabh in áit éigin. Tá bean óg sa teach leis. Níl a fhios agam cén t-ainm atá uirthi. Níl aon rud ar eolas agam fúithi. Tá iontas ort, an bhfuil? Imíonn sí gan aon rud a insint dom in aon chor. Ní féidir liom iachall a chur uirthi fanacht sa teach. Agus nuair nach mbíonn sí ar cuairt chuig an mbeirt sin, bíonn sí thíos sa siopa agus an bhean sin ag cur míle ceist uirthi.'

'Níl dochar ar bith inti sin, cé go mbíonn an iomarca le rá aici. Bhíodh arán baile sa siopa aici fadó, agus bhíodh sé an-bhlasta. Bhíodh an-tóir air. Meas tú an mbíonn an t-arán sin aici i gcónaí?'

'Éirigh as na brionglóidí, maith an fear.'

'Níl neart agam ar a bheith ag cuimhneamh ar an seansaol san áit seo. Seanrudaí nach bhfuil sean ar chor ar bith domsa. Sin é an fáth a bhfuil mé ag iarraidh go bhfeicfeadh Sara saol na háite. An t-aer úr agus an dúiche.'

'Ach an rachaidh sin chun a leasa?' arsa an mháthair go searbhasach. 'Lena hathair atá sí ag dul, déarfainn. Dáiríre, tá sí ag cur an-imní orm. Bíonn sí ag caint ar an Sarah Seoighe seo an t-am ar fad. Cailín óg í sin a bhí ina cónaí san áit seo fadó. Seafóid éigin a thóg sí ó Mháire an tSiopa, bí cinnte.'

'Chuala mé an scéal sin ag mo mháthair. Cailín éigin a cailleadh leis an ocras.'

'Frank, I'm really worried about her. I can't explain...'

'Ní fiú duit tiontú ar an mBéarla mar a dhéanadh muid nuair a bhí sí ina páiste. Tá Béarla aici ó chuaigh sí ar an mbunscoil.'

'Tá a fhios agam go maith,' arsa an mháthair go mífhoighdeach.

'Tá brón orm nach bhfuil tú ag baint taitneamh as an samhradh. Shíl mé go ndéanfadh sé maith do Sara. Thaitin an teach seo go mór liom féin nuair a bhí mé i mo pháiste. Sin í an fhírinne. Ba mhaith liom go mbainfeadh Sara an taitneamh céanna as an áit, is dócha.'

'Ní thaitníonn an áit liomsa. Nach i mBaile Átha Cliath atá mo chuid cairde ar fad? Agus cuireann an cailín sin faitíos ar mo chroí.'

'Bí ciúin, as ucht Dé...'

Chlúdaigh Sara í féin leis an éadach leapa, agus chuir sí an braillín ina béal leis an ngáire a phlúchadh.

'Ní itheann sí a cuid bia i gcónaí,' arsa an mháthair. Is go ciúin, cinnte a labhair sí. Chuaigh an chaint i gcion ar a hiníon. Dhún sise a súile, agus dúirt sí na focail sin léi féin arís agus arís eile sa dorchadas.

* * *

83

Bhí sé ag cur báistí an lá dár gcionn.

'Cén dochar? Glanfaidh sé faoi thráthnóna, tá mé cinnte,' arsa an mháthair agus iad ag ithe bricfeasta. Is beag a chreid Sara sin ach oiread lena hathair. Bhí Sara an-cheanúil ar a hathair. Ní fear an-mhór a bhí ann, ach ní fhéadfá gan é a thabhairt faoi deara. Bhí a béal féin cosúil lena bhéalsan. Na liopaí agus iad breá líonta. Liopaí tiubha. Ach bhí a chraiceann garbh, agus bhí sí buíoch nár thóg sí an méid sin uaidh.

Dúirt Sara léi féin go ndéanfadh sí a seacht ndícheall a bheith ina cailín maith. Bheadh sí chomh maith le hiníon rí. Í dathúil, dea-bhéasach. Agus bhí beocht sa teach inniu, mar gheall go raibh a hathair ann. Ní hé go raibh easpa nádúir ina máthair. Ní raibh ar chor ar bith. Ach bhí fuacht idir an mháthair agus an iníon. Ní mar sin a bhí riamh, ar ndóigh. Nuair nach raibh inti ach gin somhillte i mbroinn a máthar, is aon duine amháin a bhí iontu. Ach ní raibh suaimhneas sa bhroinn féin. Í ag corraí anonn agus anall ann cosúil le Sarah eile san uaigh. Sa bhroinn chréafóige. In ucht na talún. Ach bhí suaimhneas inniu ann. Suaimhneas breá de bharr a hathair a bheith i láthair. An t-athair agus a iníon álainn. An iníon álainn, mhúinte.

Shocraigh an triúr dul go dtí an Clochán tráthnóna. Thug siad leo carr an athar. Carr breá a bhí ann, carr mór, buí. Shuigh Sara chun tosaigh leis an tiománaí agus chuaigh a máthair chun deiridh. Bhí cuid mhaith tráchta ann. Turasóirí den chuid is mó. Bhí mífhoighid ar a hathair de bharr moill a bheith ar an trácht. Bhí na súile leata ar Sara agus í ag breathnú ar na braonta báistí ag rith ó thaobh go taobh síos an fhuinneog. Braonta geala, ata mar a bheadh bolg folamh.

Ní raibh sé éasca an carr a pháirceáil. Ba mhór an stró seasamh i mbaile ar bith na laethanta seo, arsa a hathair go tuirseach. Dúirt an mháthair nach dtiocfadh na daoine ann mura raibh rud ann lena mealladh.

'Caithfidh mé cúpla rud a fháil sa siopa,' arsa sí.

'Rachaidh mé féin agus Sara ag spaisteoireacht. Feicfidh muid anseo thú faoi cheann fiche nóiméad.'

Glacadh leis an socrú sin, agus d'fháisc Sara agus a hathair a gcuid cótaí suas faoin smig, agus ar aghaidh leo faoin mbáisteach. Ní raibh mórán le feiceáil sa Chlochán lá báistí, ach bhí Sara sásta a bheith in éineacht lena hathair.

'An bhfuil tú ag súil le dul ar ais ar scoil, a Sara?'

'Níl,' arsa sise go tur.

Bhí díomá ar an athair agus ba léir sin.

'Ach tá tú i bhfad níos fearr anois. Is maith leat a bheith i Ros na gCaorach, nach maith?'

'Is maith. Is breá liom é. Ach tá imní orm mar gheall ar Mham.

'Mar gheall ar Mham?'

'Is ea. Ní dóigh liom go dtaitníonn an áit léi. Tuigim di ar ndóigh. Bíonn sí bréan de bheith ag plé liomsa ar feadh an lae.'

Bhí tost ann.

'An bhfuil a fhios agat cérbh í Sarah Seoighe?'

'Níl a fhios. Cérbh í féin?'

'Bhí sí ina cónaí i Ros na gCaorach. Tá mé cinnte gur chuala tú caint uirthi.'

'Níor chuala. Inis dom cé a bhí inti, a Sara.'

'Cén chaoi nach mbeadh a fhios agat? Rugadh agus tógadh thú i Ros na gCaorach. Tá an scéal sin ar eolas ag gach duine. Tá mé cinnte go bhfuil a fhios agat!'

'Tá a fhios, ar ndóigh. Tá a fhios, a stór. Ní raibh mé ach ag magadh, sin an méid. Ná bí ag béicíl mar sin, maith an cailín.'

Bhreathnaigh Sara ar na daoine ina timpeall. Muintir an bhaile agus na turasóirí. Iad fliuch. Iad liath san éadan.

'Ólfaidh muid cupán tae le Mam ar ball beag,' arsa an t-athair, chomh réchúiseach agus ab fhéidir.

'A Dhaid,' arsa Sara go neirbhíseach, mar bhí sí ceanúil ar a hathair, 'an raibh tú le bean ar bith eile riamh seachas Mam?'

'A Sara!' arsa seisean agus iontas an domhain air. Ach ba mhaith leis taispeáint gur fear nua-aimseartha a bhí ann, agus lig sé air nach raibh iontas ar bith air. 'Nach ait an cheist í sin le cur ar d'athair!'

D'éist sé. Bhain Sara searradh as a dhá ghualainn in áit 'is ea' nó 'ní hea' a rá.

'Ní raibh, mar a tharlaíonn. Céard a bhí ort gur chuir tú ceist mar sin orm?'

'Ní dóigh liom go raibh Mam le fear eile ach oiread,' arsa Sara go réidh, de ghlór páiste, rud a dhéanadh sí ina leithéid seo de chás. Thosaigh sí ag siúl síos chuig an siopa, áit a raibh siad le bualadh leis an máthair. Bhí a hathair ag siúl lena taobh, ach bhí an cosán cúng, agus ní raibh sé chomh cinnte de féin agus a bhí ar ball.

'Sílim go bhfuil Mam i ngrá leat,' arsa Sara. 'Ach tá faitíos uirthi é a rá.'

Chuir sí béim ar an bhfocal 'faitíos', agus rug a hathair greim ar uillinn uirthi. Bhí fuarbháisteach ag titim orthu, agus rith sé leis an mbeirt gur dhuine dathúil a bhí sa duine eile. Ní raibh gíog as ceachtar acu.

'Ó! Tá sibh ann,' arsa an mháthair go neirbhíseach. Bhí

lán bosca ceannaithe aici, agus thóg a fear uaithi é láithreach.

'Tá bosca beag eile ansin,' arsa sí. 'Ar mhiste leatsa an ceann sin a iompar dom, a Sara?'

Chuaigh Sara isteach sa siopa ag iarraidh an bhosca, agus lean sí a muintir síos an tsráid i dtreo an chairr. Bosca cairtchláir a bhí ann. Bosca réasúnta ard. Bhí buidéil phlaisteacha ann. Péire. Ola cócaireachta i gceann acu. Sú oráiste sa cheann eile. Bhí im ann freisin. Agus canna feola fuaire. Sin agus máilín torthaí. Úlla, is dócha, arsa Sara léi féin. Thaitin úlla lena máthair.

Go tobann, lig sí scréach a bhain macalla as leaca na sráide. Phléasc an bosca, agus scaip a raibh ann ar an talamh idir a dhá cois ar an gcosán fliuch. Siar leis an gcailín bocht de léim lonas gur bheag nár chuir sí a tóin trí fhuinneog an tsiopa éadaigh. Bhí a cuid gruaige greamaithe leis an ngloine fhliuch, shleamhain.

'Tá sé ceart go leor, a Sara. Tá sé ceart go leor.' Bhí greim ag a hathair uirthi. I gceartlár na sráide. I measc na ndaoine.

'Phléasc an bosca ort.'

'Ní ormsa atá an locht,' arsa Sara agus a hathair ag cur a cloiginn lena ghualainn go ceanúil. Bhí an cóta fuar, fliuch lena héadan, ach bhí faoiseamh ann di ar bhealach nár thuig sí. An láimh ar chúl a muiníl. Láimh Ghearóid, shílfeá. Mar a chéile na fir ar fad. Bhí an mháthair ina staic ag breathnú orthu.

'Dia linn, a Sara, ní féidir thú a thabhairt amach gan raic a bheith ann.'

Bhí ceist i súile an athar. Ach chrom an mháthair leis an mbia a bhailiú le chéile. Duine nó beirt de mhuintir an bhaile ag cuidiú léi.

'*Thank you very much.*'

'Seo, imeoidh muid,' arsa a hathair.

Tharraing sí anáil. Bhí sí ceart go leor. Bhí gach rud ina cheart. Baineadh geit aisti, sin an méid. Thosaigh sí ag cuidiú lena máthair. Rug an t-athair ar an mbosca mór, agus chuir sé na rudaí a bhí sa bhosca beag isteach ann i mullach a chéile.

'Beidh orainn é seo a chaitheamh amach,' arsa an mháthair agus thóg sí amach an t-im. 'Ar fhaitíos go mbeadh sé salach.'

'Tá go maith,' arsa an t-athair. Bhí siad tagtha chomh fada leis an gcarr faoin am seo, agus chuir siad an bosca ar an suíochán cúil.

'An bhfuil tú ceart go leor anois, a stór?'

'Níl aon rud uirthi. An bhfuil, a Sara? Tae! Sin atá mé féin a iarraidh.'

Chuaigh an triúr síos ar an mbaile, agus d'aimsigh siad caifé beag deas. D'ith siad greim, agus thaitin sin le Sara go mór. Go háirithe na bonnóga. Leáigh siad ina béal, agus shúigh na grabhróga te an t-im. Agus bhí an tae go deas freisin. É te, blasta sa chupán gorm agus bán.

Nuair a bhí sé in am baile, dúirt Sara léi féin go raibh an-lá aici. Bhí teas an chairr ag cur suain uirthi agus é ag baint an uisce as a cuid éadaigh. Shíl sí na cosa a fhilleadh fúithi faoi mar a bheadh codladh uirthi. Ach ní raibh sí róchompordach mar sin. Bhí a hathair lena taobh. Agus an mháthair chun deiridh. Bhí garranta féir ar dhá thaobh an bhóthair. An féar ag damhsa go meisciúil faoin ngaoth agus faoin mbáisteach. An síol go trom air. É lántorthúil.

Dé Domhnaigh, tar éis an dinnéir, bhí leisce orthu ar fad. Blas prátaí, meacan agus feola fós ina mbéal. Tuirse an chomhluadair orthu, rud ba chúis leis an tost. Rince bog na báistí ar an bhfuinneog ag cur leis an gciúnas.

'Tá mise ag iarraidh dul ag siúl,' arsa Sara.

Bhreathnaigh a muintir uirthi go tobann.

'Ach tá sé fós ag báisteach, a stór. Beidh tú fliuch.'

'Tá sé deas te anseo,' arsa an t-athair.

'Ní bheidh mé i bhfad. Rachaidh mé suas chomh fada le Gearóid agus Nóirín.'

Bhreathnaigh a muintir ar a chéile. Chuir a máthair an béilín 'tuigeann-tú-anois' uirthi féin. Ach níor léir céard a shíl a hathair. Ní raibh freagra ina shúile, agus níor labhair sé. Faoin am seo, bhí na bróga ar Sara, agus cóta báistí.

'Ná bí i bhfad, mar sin, maith an cailín. Beidh ar Dhaid a bheith ag imeacht faoi cheann cúpla uair an chloig nó trí.'

Ní raibh a fhios ag Sara cén fíbín a bhí uirthi ag iarraidh dul amach mar seo. Bhí an ghaoth ag feadaíl sna claíocha agus na bioráin bháistí ag bualadh in aghaidh a héadain. Ar a laghad ar bith bhí beocht sa saol. Na crainn draighin agus an duilliúr ag luascadh anonn is anall. Cosa na gréine ag dul i bhfostú sna scamaill.

Rinne Sara deifir. B'fhuath léi a bheith idir dhá áit. Ach bhí an t-ard roimpi. Agus bhí an bóthar sleamhain in áiteanna. Bhí sé sleamhain faoi na bróga deasa a bhí ar Sara, bróga nach raibh an-phraiticiúil. Chonaic sí na sceacha ar bhain Nóirín na sméara díobh. Bhí cuma thréigthe orthu. Ach taobh thall díobh bhí an t-aiteann ina thine gheal. É ag dó leis go fuinniúil.

'Hello!'

Bhí doras an tí dúnta inniu. B'éigean di cnag a bhualadh air agus fógairt orthu istigh. Chuala sí an eochair á casadh ansin agus osclaíodh an doras.

'Gabh isteach,' arsa Gearóid go briosc.

Isteach le Sara thar an tairseach. Chrom sí ag dul isteach di.

'Bain díot do chóta,' arsa Gearóid nuair a chonaic sé an t-uisce ag sileadh ar an urlár.

Bhí cneadach le cloisteáil thuas staighre. Aníos thar a ceann a tharraing sí an cóta níolóin ionas nárbh fhéidir aon rud a chloisteáil ar feadh soicind. Bhí tine sa teallach agus an t-adhmad ag pléascadh. Tháinig beocht inti. Sheas sí, agus chuir sí cluais uirthi féin, agus thuig sí gurbh í Nóirín a bhí ag cneadach. Ag cneadach go huaigneach, amhail is dá mbeadh fear in éineacht léi. Ach ní féidir go raibh. Chroch Gearóid a cóta ar chrúca cois tine.

'Céard atá ar Nóirín?'

'Beidh sí ceart ar ball. Caithfidh sí fáil réidh le cuid de na drochnósanna a d'fhoghlaim sí ó Royston.'

'Drochnósanna?'

'Bíonn muid ag caitheamh, nach mbíonn?'

'Tuigim,' arsa Sara.

Chroch Gearóid an tocht a bhí ar an suíochán in aice leis an bhfuinneog.

'An gcaithfidh muid ceann?'

'Níl mise ag iarraidh,' arsa Sara go cinnte.

'Ní bhacfaidh mé féin leis, mar sin,' arsa Gearóid. 'Seo, bí i do shuí.'

Bhí pluid mhór, thiubh ar an urlár os comhair na tine, áit a raibh Gearóid ina shuí sular tháinig sí. Is cosúil gur ag léamh a bhí sé, arsa Sara léi féin. Rud seachas leabhar Sarah Seoighe.

'Cén fáth a dtagann tú anseo le muid a fheiceáil?' arsa an fear óg, agus shuigh sé lena taobh. Bhreathnaigh Sara ar an tine. Ní raibh sí cinnte an le dea-mhéin a cuireadh an cheist.

'Is maith liom a bheith anseo in éineacht leat féin agus Nóirín.'

Agus thuig sí go tobann go raibh an méid sin fíor. Ba rud aoibhinn a bheith i dteach chomh tíriúil leis agus tine bhreá ag baint allais as a craiceann. Ba chosúil gur thuig Gearóid a cuid smaointe, mar d'éirigh sé, agus chuaigh sé ag iarraidh tuilleadh adhmaid sa choirnéal cois simléara.

'Is ait an áit é sin le hadhmad a choinneáil,' arsa sí ag stánadh ar an gcarnán néata le balla agus an tua lena thaobh.

'Bíonn sé breá tirim ansin. Tá tuilleadh sa scioból.'

Rinne Sara meangadh gáire go cúthail.

'An bhfuil tú tirim anois?'

'Táim.'

Tharraing sí a cuid gruaige síos ar leataobh a héadain le cuid de theas mór na tine a choinneáil uaithi.

'Tá mise an-cheanúil ortsa, a Sara. Tá a fhios agat é sin, nach bhfuil a fhios?'

'Mmm.'

Rug sé ar a láimh agus phóg sé í.

'Nach deas an rud a bheadh ann mise agus tusa a bheith ag plé le chéile?'

D'airigh Sara meirfean ag teacht uirthi. Bhí láimh an fhir óig ar a gualainn. Cneadach le cloisteáil thuas staighre.

'Céard faoi Nóirín? Céard a bheadh le rá aicise?'

'Tuigeann mé féin agus Nóirín a chéile. Ná cuireadh sise imní ort.'

Bhí sé ag pógadh a muiníl agus ag oibriú a láimhe síos faoina geansaí.

'A Ghearóid!'

'Tá sé ceart go leor.'

Bhí an neart ag trá aisti. Bhí macalla an uafáis inti agus í ag géilleadh don ghrá. Shín sí siar ar an bpluid, agus d'airigh sí an geansaí olla á bhaint di thar a ceann. Bhí an t-urlár crua fúithi. An teas mór ar a craiceann geal. Allas uirthi, fuar agus te gach re nóiméad.

Bhí Gearóid taobh léi ar a dhá ghlúin. Tharraing sé an léine dhaite amach as a threabhsar, agus scaoil sé na cnaipí. Bhí sé chomh cúramach sin. Bhí an-taithí aige. Bhí sé lách, cneasta, dar léi. Bhreathnaigh sí i leataobh uaidh. Bhí sé ag cur na súl tríthi. Bhreathnaigh sí arís air go bhfeicfeadh sí na súile.

Chuimil sí a láimh dá chraiceann bog, óg gan smaoineamh uirthi féin. Bhí na súile ag gáire léi. Bhí mian an fhir dúisithe ann. Chrom sé le póg a thabhairt di. Go mall, mall. Láimh leis siar agus aniar uirthi. An láimh eile ag slíocadh a cuid gruaige.

Bhí ceo ar a hintinn. Níor thuig sí an cluiche seo ar an teallach crua. Na lasracha ag éirí den adhmad agus an scáth ag teitheadh uathu go cúl an tseomra. Ceobhrán báistí ar an bhfuinneog. Bean ag fulaingt thuas staighre.

Smaoinigh sí ar an lá a chuala sí caidreamh na beirte. Nóirín agus Gearóid. Bhí a bhéal lena leiceann agus lena brollach. A dhá láimh ag tarraingt ar éadach, ar ghruaig, ar chraiceann.

'Ó, a Sara.'

Smaoinigh sí ar phictiúr a bhí feicthe aici. Mná agus riastradh orthu. Le pian. Le pléisiúr. Bhí sí ina luí siar agus duine ag gáire léi. Anáil an fhir ar a muineál agus ar a cluais. Bhí allas lena bolg. Na méara á santú.

Ach, go tobann, bhí deireadh leis. Is minic a chuala sí cailíní eile ag caint air. An chéad uair. Ar scoil. San ospidéal. An t-aoibhneas. An tús. An deireadh. Sa deireadh, labhair sí. B'fhéidir gur ruidín saonta a bhí inti, ach bhí brú san fhear chomh maith le cneastacht.

'Níl mé ag iarraidh, a Ghearóid,' arsa sí d'osna.

'Tá sé ceart go leor.'

'Níl mé ag iarraidh. Stop!' Rug sí ar a dhá ghualainn agus bhrúigh sí siar é le neart a dhá láimh.

'Stop! Níl mé ag iarraidh.' Agus scaoil sé an ghreim a bhí aige uirthi. Bhreathnaigh seisean uirthi go míshásta.

'An bhfaighidh mé piliúr duit? Tá an t-urlár crua.'

'Ach níl mé ag iarraidh.'

Bhí an faitíos ina glór ach labhair sí go daingean chun í féin a chosaint. Chuimhnigh Gearóid air féin. Thug sé leis cúisín mór a bhí caite le balla. Shín sé féin siar ar chlár a dhroma. Bhí sé ina thost, agus bhí faitíos ar Sara go raibh fearg air.

'Tá brón orm,' arsa sí go ciotach. Thug sí amharc fada ar an tsíleáil os a cionn.

'Cén brón a bheadh ort? Is tú mo Sara bheag i gcónaí, nach tú?'

Rug sé greim láimhe uirthi, agus tharraing sé anall í. Theagmhaigh a cíoch dá chliabhrach. Tharraing sí a láimh tríd an mullach catach gruaige a bhí air. Phóg sé ar a baithis í. Bhí an fiántas imithe as. Rug sé barróg uirthi. Chlúdaigh sé iad le cuid den éadach a bhí bainte díobh acu.

Bhí a fhios aici gur thaitin a colainn leis. Bhí a fhios aici go maith é. Bhí sí tanaí, agus bhí a dhá cíoch an-líonta. Ach bhí sí míchompordach mar gheall ar an allas. Rug sé ar an láimh a bhí báite ina chuid gruaige aici, agus chuir sé síos ar a bhrollach í go cúramach. Gheit sí le faitíos roimh an rud a bhí i gceist. An rud a bhí sí ag brath ina croí le tamall, bhí a hintinn á thuiscint anois.

Bhí na cnámha leis, ach bhí matáin chrua air. Bhí sí neadaithe faoina ascaill. Go caoithiúil. Go sábháilte. Go neamhurchóideach. Í meallta ag a chuid cneastachta. Go tobann, bhí torann cairr le cloisteáil.

'M'athair!' arsa Sara de gheit. 'Aithním torann an chairr.'

D'éirigh sí de léim, agus rinne Gearóid amhlaidh. Chuir sé air a chuid éadaigh chomh tapa is a bhí ann. D'oscail sé an doras agus an léine ag sileadh leis. Bhí an carr stoptha in aice leis an gcrann féithleoige. Bhí a hathair ag oscailt an dorais. Bhí a máthair ina suí sa chúl.

'An bhfuil m'iníon anseo?'

Amach le Sara. Bhí deireadh leis an obair a bhí ar bun ó tháinig an bheirt eile sa charr. Bhí an tsnaidhm scaoilte.

'Tá mé anseo, a Dhaid.'

'Níor tharla tada. Ná bíodh faitíos ar bith ort,' arsa Gearóid.

Bhí an bheirt fhear ag cur na súl trína chéile go naimhdiúil. Bhí an chuma ar an scéal go raibh a máthair ag fanacht sa charr. Bhreathnaigh Gearóid anonn uirthi. Bhí sí ag déanamh iontais. Níor thuig Sara an rud a chonaic sí i súile na máthar. Í ag breathnú go dúr, díograiseach ar Ghearóid.

'Tá sé ag éirí deireanach, a Sara,' arsa a hathair. 'Caithfidh mise dul ar ais go Baile Átha Cliath.'

Chuir Sara cuma smaointeach uirthi féin, agus d'fhill sí a cóta báistí ar bhacán a láimhe. B'ait léi a cuid éadaigh a bheith uirthi arís. Nach tobann a chaith sí di! Nach tobann a chuir sí uirthi! Caithfidh go raibh cuma an diabhail ar a cuid gruaige. Bhí sí ina staic ag breathnú ar a máthair agus ar Ghearóid.

'Cén chaoi a raibh a fhios agaibh gur anseo a bhí mé?'

'Chuir muid ceist,' arsa an mháthair go tur i gcúl an chairr.

'Brostaigh ort, a Sara.'

Shiúil Sara léi. Bhí a hathair i ndeireadh na foighde. D'aithin Sara air é.

'Slán leat, a Sara,' arsa Gearóid agus í ag siúl uaidh.

'Slán,' ar sí, agus phóg sí ar an leiceann é.

Leath na súile ar a muintir. Ach ní dúirt duine ar bith rud ar bith.

'Tá súil agam go mbeidh Nóirín níos fearr go luath,' arsa Sara go dána. Bhí splanc an gháire le feiceáil ar bhéal na beirte ar feadh leathmheandair. Anonn le Sara go dtí an carr. Chas sí siar a ceann, ach is ar a máthair a bhí Gearóid ag breathnú arís. D'oscail sí doras an chairr, agus shuigh sí isteach. Bhí an tráthnóna go breá faoin am seo. Ní raibh le cloisteáil ach cearc nó dhó ag glógarsach ar an tsráid. Chúlaigh a hathair siar ionas go bhféadfadh sé an carr a chasadh. Thiomáin siad leo síos an t-ard. Bhí ciúnas ann.

Chas Sara lena hathair, agus leag sí póg ar a leiceann gan oiread agus focal a rá. Is beag nár scaoil sé a ghreim ar an roth. Lig sé cnead as. Shíl sí go raibh grá aici don triúr a bhí ina seasamh ar an tsráid ar ball beag. A máthair. Agus Gearóid. Agus a hathair. Ach is fear meánaosta a bhí ina hathair, arsa sí léi féin. Ní raibh a ghiall chomh mín le giall agus le héadan Ghearóid.

Caibidil 7

Dhún sí an doras go mall, ciúin. Ní raibh de sholas ann ach an ghealach, solas lag ag éalú isteach tríd an bhfuinneog bheag. Bhí a máthair thíos fúithi. Ach oiread léi féin, bhí uaigneas uirthise sa teach beag ó d'imigh an t-athair.

Chuimil sí láimh den trunca a bhí in aice leis an doras. Is dócha gur bhain a Mamó di a cuid éadaigh seacht míle uair déag i rith a saoil. Bhí adhmad glan an trunca ag cur aoibhnis ar a cuid méar. Pictiúr crochta os a chionn agus fear ag scaipeadh síl ann.

Bhain sí di gan deifir. D'fhéach sí uirthi féin sa scáthán i ndoras an vardrúis. Smaoinigh sí ar an bhfáscadh a bhain Gearóid aisti an tráthnóna sin. Shlíoc sí a dhá láimh síos lena brollach go mall. Gearóid á crúbáil.

Ach bhí sí folamh. Murach na smaointe a bhí aici. Ní ligfeadh sí do dhuine beo é féin a bhrú uirthi mar sin arís. Ní ligfeadh sí do dhuine ar bith í a thógáil. B'fhearr léi a bheith folamh. B'fhearr léi gan an saol a ligean isteach.

Bhí an oíche ag titim go tobann. Bhí scáthanna fada dubha trasna an tseomra. Chuaigh sí ag iarraidh a gúna oíche faoin bpiliúr. Chuir sí uirthi é, agus bhreathnaigh sí sa scáthán arís. B'fhéidir go raibh sí i ngrá le Gearóid.

Rinne sí iontas cé chomh mór is chomh trom is a bhí sé an lá sin. An mian ag cur lena chuid nirt. É ag méadú le dúil.

Nach fear a bhí ann! Sin é a bhí i gceist ag na mná uair ar bith a labhair siad ar na fir. Ní hin é an rud a bhí uaithi. Is duine faoi leith a bheadh inti. Ní ligfeadh sí don saol í a líonadh. Bheadh sí sásta inti féin. Gan chothabháil. Ina Sara. Ag dul ar an leaba di, thug sí sracfhéachaint eile ar an bhfear óg sa phictiúr. B'fhéidir go ndéarfaí gur fear dathúil a bhí ann. Ní raibh Sara an-chinnte. Bhí féasóg dhubh ar a ghiall. Bhí airde ann agus é ina sheasamh go díreach. Laoch fir den chineál a bhíodh sna hamhráin.

Bhí cuma na sástachta air agus é ag scaipeadh an tsíl ar an talamh. Fear breá, ard, uasal. Fear álainn, go deimhin. Níor rith sé léi cheana go bhféadfadh áillcacht a bheith sna fir. Dathúlacht a bhíonn sna fir. Nó easpa dathúlachta. Ach bhí an áilleacht iontu freisin.

Smaoinigh sí ar na dochtúirí a bhíodh á scrúdú. Bhuail náire í. Is dócha go raibh áilleacht i gcuid díobh sin. Iad á feiceáil. Ó bhun go barr. Ach oiread le Gearóid. Na cosa breátha fada faoi. Na guaillí leathana. An básta caol. Cosúil leis an bhfear sa phictiúr. Ag scrúdú na talún. Í sínte lomnocht ar a droim os comhair a shúl. Nach mar sin a bhí sise tigh Ghearóid ar ball agus an t-urlár crua fúithi. Bhí sí bréan díobh. Na fir! Ní raibh fear ar bith ag teastáil uaithi. Ná láimh fir uirthi. Ná cothú na bhfear. Ní raibh greim ar bith ag na fir uirthi.

Dhún sí na súile. D'oscail sí arís iad. B'fhéidir go raibh ábhar fir di sa té a bhí sa phictiúr. Nach fada a bhí sé ansin thuas, amuigh faoin spéir. Ach ní raibh toradh ar a shíol fós. Agus ní raibh beocht ar bith ann ach fráma seanfhaiseanta timpeall air.

Chuir sí a láimh ar a bolg folamh. Lig sí uirthi gur sínte sa chónra a bhí sí. Braillín an bháis uirthi. Sa dorchadas shamhlaigh sí go raibh an fear ag fágáil an phictiúir agus é ag caitheamh an tsíl gan toradh anuas uirthi. Agus is álainn an fear a bhí ann. Ach ní raibh a leithéid ann, dáiríre. Ní raibh sé ann sa dorchadas. Thosaigh sí ag rá paidre a d'fhoghlaim sí ar scoil fadó. Shíl sí i dtosach gurbh é an 'tÁr nAthair' a bhí ann. Ach salm a bhí ann: 'Is é an Tiarna m'aoire, ní bheidh aon ní de dhíth orm.' Bhí tuilleadh den salm ar eolas aici, ach ní raibh na línte san ord ceart. Ó am go chéile, bhreathnaigh sí thar an mbraillín ar an bpictiúr. Bhí codladh uirthi. Ní raibh aon ní de dhíth uirthi.

* * *

As sin go ceann tamaill, sciorr na laethanta thar Sara mar a bheadh bus na Gaillimhe. Go mall, fuar. Thug a máthair a dóthain di le déanamh. Bhí rud ar a haire ó mhaidin go hoíche. Turas in áit éigin. Bhí am na beirte ag sleamhnú thart.

'Sílim go bhfuil sé uirthi,' arsa Sara le Nóirín, lá dár éirigh léi dul suas ar cuairt.

'Céard?'

'Imní. Ar mo mháthair. Tá a fhios aici céard atá ag tarlú.'

Bhí iontas ar Nóirín agus ní dúirt sí tada. Sa chistin a bhí siad. Bhí Nóirín ag déanamh cáca aráin. Bhí babhla aici lán le taos, agus bhí sí ag fuineadh go díograiseach. Tháinig Sara i leith Nóirín, áit a raibh an babhla leagtha ar an leac dhubh aici. Bhí crúsca uisce aici agus máilíní plúir agus dhá thráidire stáin réidh le cur san oigheann. Plúr donn a bhí aici. Plúr garbh. Plúr ceart, mar a deireadh Nóirín.

'Tá sé níos fearr duit,' arsa sí.

'Tá sé cosúil le gnáthphlúr.'

'Plúr geal, ab ea?'

'Is ea. Tá sé cosúil leis sin, ach tá sé salach. Shílfeá gur fuil atá ann agus é triomaithe.'

'Uch!' arsa Nóirín, agus chaith sí an taos ar an leac leis an gcruth ceart a chur air.

Chuir sí lán glaice den phlúr ar an leac ionas nach ngreamódh an taos. Lean sí uirthi ag fuineadh leis na méara agus leis na hordóga.

'An raibh Gearóid ag plé leat fós?' arsa sí.

Bhí iontas ar Sara. Cén cineál carad a bhí inti seo? Bheadh go leor i bhfreagra na ceiste sin. Bhain sí searradh as na guaillí. Comhartha éiginntcachta. Freagra lag, bacach a bhí ann, agus thuig sí sin.

'Bíonn sé ag plé leis na mná ar fad.'

'Nach gcuireann sé sin as duit?' arsa Sara. Níor bhain sí na súile den chearc a bhí ag piocadh i mbéal an dorais. Bhí tarracóir ar an gcnoc, ach ní raibh sé le cloisteáil ach ar éigean trí na ballaí tiubha. Ní fhéadfadh sí breathnú sna súile ar an gcailín eile. Bhí sé níos éasca breathnú sna súile ar na fir ná ar na mná.

'Ní chuireann.'

'Nach bhfuil tú i ngrá leis?' arsa Sara go lándáiríre.

'Nílim. Bhí an iomarca fir agam le go bhféadfainn titim i ngrá le duine acu thar oíche.'

Rinne Sarah machnamh air sin. B'fhéidir nár rud olc le rá é. Ní raibh sí cinnte. Sheas sí siar le breathnú ar Nóirín. Bhí a cuid oibre beagnach críochnaithe aici. Chuir sí an taos sna tráidirí stáin, agus chuir sí an múnla ceart ar na hábhair chácaí. Anonn leis an mbeirt chuig an oigheann ansin.

D'oscail siad an doras, agus d'éirigh an teas aníos san éadan orthu. Dhún Nóirín an doras go maith, agus chuimil sí cúl láimhe dá baithis amhail is dá mbeadh brat allais uirthi.

'Tá súil agam nach bhfuil an tine imithe as,' arsa sí, agus isteach léi sa seomra eile le cúpla píosa adhmaid a chaitheamh uirthi. 'Beidh sé ceart anois.'

'Cá bhfuil Gearóid?' arsa Sara agus í ina seasamh sa chistin. Lig sí don bhean eile dul isteach sa seomra eile léi féin. Sheas sí sa chistin le súil is go mbeadh deoch uisce le fáil. Tháinig Nóirín ar ais sa chistin gan deifir ar bith agus toitín ina láimh.

'Ní chaitheann tú, an gcaitheann?' arsa sí, agus chuir sí an toitín dearg ina béal.

'Ní chaithim. Ag obair atá sé, ab ea?'

'Thall ansin atá sé,' arsa Nóirín, agus shín sí méar i dtreo na fuinneoige. 'Ag plé leis an bhféar atá siad.'

Chaith Sara dhá léim chomh fada leis an mbinse ar an taobh eile den seomra. Siar ansin. Taobh thiar den ghleann a bhí faoi cheo. Ar an gcnoc. Áit a raibh torann na hoibre. Agus féar réidh le baint tar éis na báistí. An féar ag fanacht ar an tarracóir. Ag fanacht ar Ghearóid.

Tharraing sí a cuid méar go smaointeach tríd an bplúr bog a bhí fágtha ar an leac. Bhreathnaigh sí air. Bhí sé ina shneachta. Rud mín, rud neamhbhuan. Ní thuigfeadh Nóirín an cineál sin cainte.

Cé go raibh múranna troma caite aige le cúpla lá, bhí an talamh crua, tirim i gcónaí.

'Níor mhaith liom teacht anseo dá mbeadh puiteach ann,' arsa Sara le Nóirín.

Amuigh ag spaisteoireacht le chéile a bhí an bheirt fad is a bhí an dá cháca san oigheann.

'Níor mhaith ná liomsa,' arsa Nóirín agus í ag gáire.

'An mbeidh tú fós anseo sa gheimhreadh?'

'Is dócha go mbeidh. I mBaile Átha Cliath a bheidh tusa, nach ea?'

'B'fhéidir,' arsa Sara.

Níor shíl sí go mbeadh sí in áit ar bith arís a raibh sí ann cheana. Tháinig an bheirt chuig leathbhcarna sa chlaí. Bhí Nóirín ag iarraidh dul tríd, cé go raibh neantóga ann agus sreangán deilgneach. Lean Sara í go drogallach.

'Aú!' arsa sí de bhéic. Shuigh sí ar an bhféar, agus chuir sí tochas sna rúitíní, áit ar dhóigh na neantóga í.

'Níl i bhfad orainn,' arsa Nóirín. 'An-áit é le bolg le gréin a dhéanamh.'

Lean Sara í chomh fada le leac a bhí ar éadan na talún, agus shín an bheirt siar uirthi.

'Céard a bhí i gceist agat sa teach ar ball nuair a dúirt tú go bhfuil imní ar do mháthair?' arsa Nóirín go cúramach.

'Tada, dáiríre. Tá imní uirthi mar gheall orm.'

'Tá an t-ádh leat, muis,' arsa Nóirín. 'Rud nádúrtha é. Tá tú ag éirí níos tanaí.'

'Meas tú? An bhfuil sé le feiceáil orm? Ní dúirt Mam aon rud.'

'Ná bí chomh sásta sin leat féin!'

'Ní ithim mórán.'

'Ba cheart duit. Caithfidh muid ar fad ithe.'

'Cén fáth a gcaithfidh? An bhfuil dlí ann?'

'Níl, ach . . .'

'Tá dlí ann maidir le drugaí. Ní ceart duitse a bheith ag plé le rudaí mar sin.'

'Nach maith atá a fhios agat é sin? Níl ionat ach páiste, ar ndóigh.'

Thug Sara cúl don ghrian. Bhí sí bréan den obair seo. Bhí sí bréan de Nóirín.

'Tá mé féin níos fearr anois. Scéal eile a bhí ann nuair a bhí mé in éineacht le Royston.'

'"Nuair a bhí mé in éineacht le Roston": sin é an port a bhíonn agat i gcónaí.'

Rinne Nóirín gáire beag, ach ní dúirt sí aon rud. Chaith an bheirt tamall ina luí ar an leac, ach bhí siad míshocair mar gheall ar theas na gréine agus chruas na carraige.

'An bhfuil an áit seo sábháilte?' arsa Sara ar ball. 'Níl aon tarbh ann, an bhfuil?'

'Níl ann ach bulláin, a stór. Seo, b'fhearr dúinn dul abhaile.'

D'imigh siad leo. Síos an cosán crua, céanna. Chomh fada leis an dá cháca a bhí á mbácáil san oigheann. Rinne Nóirín deifir, ach bhí Sara ag tarraingt na gcos go mall, míchairdiúil. Nuair a tháinig sí go barr an chnoic, bhí Nóirín le feiceáil thíos ar shráid an tí cheana féin. Shíl Sara nach raibh cuma ródheas ar an áit. Sceacha agus toim timpeall ar an teach. Mar a bhíonn timpeall ar thithe bánaithe. Ach ba mhaith an rud daoine beo a bheith ann. Na beo agus na mairbh.

'Ó, *hello!*'

Cé a chonaic sí ag dul isteach an doras di ach Gearóid agus a dhá chois in airde ar an mbinse aige. Bhí boladh aráin úir ar snámh ar an aer dorcha go meirbh, muinteartha.

'An bhfuil siad ceart go leor?' arsa sí agus í ag dul isteach sa chistin. Is ann a bhí Nóirín ag cur an dá cháca ar an leac le fuarú.

'Tá cuma mhaith orthu, nach bhfuil?'

Chuaigh Sara anonn chuig an bhfuinneog, agus leag sí láimh ar an gcrústa buí. Go tobann, tharraing sí a láimh siar agus barr a méire dóite ag an teas mór.

'A Mhaighdean!'

'Tá siad an-te,' arsa Nóirín, go críonna. 'Fan go fóill, agus gearrfaidh mé píosa duit nuair a bheidh sé fuaraithe.'

'Níl aon ocras orm.'

Amach le Sara as an gcistin agus í ag séideadh ar a cuid méar.

'Ar dhóigh tú thú féin?'

B'fhuath léi Gearóid ag ligean air go raibh sé cliste.

'Ag saothrú cúpla pingin a bhí tusa inniu, ab ea?' a deir sí leis go briosc. 'Bhí sé thar am.'

'Tá mé maraithe, más sólás ar bith duit é. Tá mo dhroim tinn.'

'An bhfuil tú i bhfad anseo?' arsa Nóirín sa chistin.

'Uair an chloig nó mar sin. Lá mór a bhí ann.'

Bhí an teas agus boladh an aráin ag cur mcisce ar Sara. Gearóid agus é ina shuí ar an bhformna. É tugtha. Ach bhí áilleacht ina chuid tuirse.

'Bhí do mháthair anseo, a Sara.'

'Céard? Mo mháthair!'

Bhí na luchain bheaga ag creachadh chófra a cuid aoibhnis arís. An seanscéal céanna. Nuair a bhí rud ar a mian aici, thit sé as a chéile. Agus a mhilleán sin ar a máthair, mar ba ghnách.

'Céard a bhí mo mháthair a iarraidh anseo?'

Ní fhéadfadh Sara a máthair a shamhlú istigh sa teach beag seo. Bhí sé cosúil le briseadh dlí í a bheith ag cur isteach ar an áit nuair nach raibh sí ann riamh cheana.

'Bhí sí ag fiafraí cá raibh tú. Dúirt mise léi nach bhfaca

mé ó inné thú. D'inis me glan na fírinne di. Ní raibh a fhios agamsa go raibh tú anseo inniu.'

Ach bhí an áit millte anois. Bhí sé truaillithe.

'Caithfidh mé dul amach faoin aer,' arsa Nóirín, 'tá mé ag cur allais.'

'Caithfidh mise imeacht freisin,' arsa Sara, agus amach léi faoi dheifir.

'Fan le haghaidh do bhéile. Tá arán úr againn.'

'Ní fhanfaidh. Caithfidh mé imeacht.'

'An mbeidh tú thart amárach?' arsa Nóirín i mbéal an dorais.

'Ní dóigh liom é,' arsa Gearóid, 'tá d'athair ag teacht as Baile Átha Cliath amárach.'

Bhreathnaigh Sara air le teann iontais.

'Is í do mháthair a dúirt liom é,' arsa Gearóid.

'Tá mé ag imeacht anois,' ar sí le Nóirín go cairdiúil. Bhí Nóirín ag fuarú a dhá láimh sa bhairille uisce le binn an tí. Rinne Sara amhlaidh, agus ansin d'fhliuch sí a héadan.

'Slán go fóill.'

Ar an mbealach abhaile bhí aiféala uirthi gur chuir sí an t-uisce ar a héadan. De réir mar a bhí sé ag triomú, bhí sé ag cur tochais ar a héadan.

* * *

'A Mham!'

Ní raibh sí le feiceáil.

Shiúil Sara tríd an seomra suí isteach sa chistin. Bhí braon caifé i gcupán taobh leis an doirteal. Ach ní raibh tuairisc ar bith ar a máthair.

'A Mham!'

'Anseo atá mé, a stór. Ar an leaba a bhí mé.'

Ar ais le Sara sa seomra suite. Bhí a máthair ag teacht anuas an staighre agus cuma bhuartha uirthi. Bhí greim dhocht aici ar an ráille. Bhí an láimh eile ag oibriú ionga na hordóige in aghaidh ionga an ladhraicín ionas go raibh cliceáil le cloisteáil.

'Cá raibh tú? Thuas tigh Ghearóid agus Nóirín arís, ab ea?'

'Ní hea, ach amuigh ag siúl. Níl a fhios céard a shiúil mé.'

'Níor thuirsigh tú thú féin an iomarca, ar thuirsigh?'

Chroith Sara a ceann, agus chuaigh a máthair anonn chuig an mbord.

'An bhfuil tú ceart go leor, a Mham?'

'Tá, cinnte. Tuirse atá orm, sin an méid. Sin an fáth ar shín mé ar an leaba. Tá tuirse orm. Tá an aimsir an-mheirbh.'

'Ní dheachaigh tú síos chuig an siopa, mar sin.'

'Ní dheachaigh mé amach ar chor ar bith. Ar an leaba a bhí mé.'

Chuimil sí a teanga dá cuid *lipstick* agus í ag caint. Bhí an *lipstick* úr. Chaithfí an fhírinne a insint, luath nó mall. An fhírinne a bhí á ceilt. Bheadh an fhírinne ina fianaise lá breá éigin. Sruth glan na fírinne ar bhéal gan bhréag. Bhí Sara lánsásta.

'Tá Daid ag teacht amárach.'

'Tá a fhios agam.'

'Céard é? Céard a dúirt tú? Cén chaoi a bhfuil a fhios agat?'

'Bhí tuairim agam. Shíl mé go dtiocfadh sé an tseachtain seo.'

Ach níor leigheas an freagra sin amhras na máthar. Dúirt Sara ansin:

'An bhfuil a fhios agat nach raibh Daid in éineacht le bean ar bith ach tusa?'

105

'A Sara! Cén diabhal atá ort ag labhairt liom mar sin?'

'Dúirt sé liom é nuair a bhí sé anseo go deireanach, mar chruthúnas go bhfuil sé fós i ngrá leat. Níor shíl mise a mhalairt ar aon nós. Bhí a fhios agam féin é. Sa Chlochán a dúirt sé liom é.'

'Cén scéal atá cloiste agat, a Sara? Freagair mé!'

Tharraing an mháthair anáil mhór. Bhí múisc uirthi le himní. Bhí baol ann go ndoirtfeadh an t-amhras agus an náire amach as a bolg. Sheas Sara an fód. Bhí an lámh in uachtar aici agus idir bhród agus áthas ina súile. Bhí a fhios aici nach raibh focal le rá ag a máthair. Bhí sí ina tost. Bhí sí cloíte.

'Tá Daid dílis ar gach bealach,' arsa Sara. 'Sin an rud a dúirt sé. An gceapann tú gur inis sé an fhírinne?'

Bhí Sara ag iarraidh freagra a bhaint aisti. Bhí tocht ar a máthair. Shín sí láimh i dtreo toitín eile ar an matal. Theastaigh toit lena cuid néaróg a shuaimhniú.

'An gceapann tusa nár inis?'

'An gceapann tusa?'

Bhí ciúnas ann ansin agus gan ceachtar den bheirt sásta breathnú ar a chéile. An mháthair ag lorg cipín. Ba léir dá hiníon nach raibh inti ach fuil agus feoil. Faoi mar is créafóg atá sa talamh. Agus gan sa toitín ach toit. Le caitheamh. Le críochnú. Le ciontú.

'Réiteoidh mé greim le hithe,' arsa an mháthair faoi dheireadh. Ach bhí Sara ag sleamhnú uaithi cheana féin.

'Níl mise ag iarraidh tada,' arsa sí, agus rinne sí ar an staighre.

Bhí misneach inti ó thuig sí nach raibh milleán ar bith uirthi. Cailín maith a bhí inti.

'Tada.'

Bhí a máthair ag géilleadh di. Ní le hargóint a dúirt sí 'tada'. Ná le fearg. Ach le géilleadh.

'Ní bheidh,' arsa Sara go múinte. 'Tada.'

Suas an staighre léi ansin go mall, mórchúiseach. Cailín saonta.

* * *

'Caithfidh tú rud éigin a ithe!'

'Níl mé ag iarraidh, a Dhaid, go raibh maith agat.'

'Ach caithfidh tú!'

'Sin é an chaoi a bhfuil sí le cúpla lá anuas,' arsa an mháthair, agus leag sí an tráidire de bhuille ar an mbord.

'Níl sé uaim.'

Bhí sí ina suí ag an mbord agus a hathair taobh léi i mbun achainí.

'Caithfidh tú greim a ithe, as ucht Dé.'

'Ní chaithfidh. Nach gceapann tú go bhfuil mé ag breathnú go maith?'

'Sin é an chaoi a bhfuil cúrsaí, a Frank. Ní chreidfeá mé!' arsa an mháthair de bhéic, agus chaith sí an cheirt a bhí ina láimh ar an mbord.

'Tá Mam craiceáilte. Níl a fhios agam céard atá uirthi,' arsa Sara go dáiríre. 'Tá sí mar sin le píosa. Tá faitíos orm go bhfuil sí tinn.'

Rith an mháthair isteach sa chistin. Bhí an t-athair idir dhá chomhairle. Ní raibh a fhios aige cé acu ba mhó a raibh trua aige di. Lean sé a bhean.

'Tá chuile shórt ceart.'

'Ceart! Tá muis. Nach bhfuil splanc chéille i do cheann, a Frank!'

Fad a bhí an bheirt sa chistin, chuir Sara cuid den dinnéar ar a pláta. Bhí slisíní feola ann, meacain dhearga, prátaí agus cabáiste. Chuir sí a dóthain ar a pláta, agus thosaigh sí ag ithe.

'Faraor nach raibh páiste eile againn. Comhluadar do Sara.'

Is é glór an athar a bhí le cloisteáil sa chistin.

'Stop ag cur milleáin ormsa faoi sin. Ní tusa a thóg í, ar ndóigh. Ní fhaca tusa riamh ach páiste deas, néata, gléasta. Is mise a bhí sa bhaile lá i ndiaidh lae ag athrú a cuid clúidíní bréana, á beathú is á bréagadh.'

'Ceart go leor, ceart go leor!'

'Tá mé céasta aici ón uair a gineadh í.'

'Éist anois, éist!'

Bhí fuacht na hurchóide i gcroí Sara agus í ag éisteacht leo. Bhí trua aici dóibh, ar ndóigh. Ba thrua léi go mbeadh cumha orthu ina diaidh. Is í an fhadhb a bhí ann nár thuig siad an scéal. Níor thuig siad gur dhuine ar leith í. Ní raibh tuairim faoin spéir acu faoin bpoll a bhí ina bolg.

B'fhearr di dul ar a leaba. Bhí duine ag caoineadh sa chistin. Ach ba chuma léi faoi dhólás a muintire. D'éirigh sí go mall, agus anonn léi chuig an staighre ar chosa beaga. Amach lena hathair as an gcistin. Bhí idir iontas agus uafás ina shúile.

'Caithfidh mé deoch a fháil do do mháthair,' arsa sé, mar mhíniú di. Chuaigh sé anonn chuig an gcófra, agus líon sé gloine uisce beatha di.

'Tá mise ag dul a chodladh, a Dhaid.'

'Ná déan. Ná dean, as ucht Dé!' arsa sé go láidir. 'Beidh do Mham ceart ar ball. Tá sí trína chéile. Beidh sí ceart. Suífidh muid síos, agus íosfaidh muid dinnéar le chéile.'

Mian nádúrtha an saol a bheith i gceart sa teach inar tógadh é. Ach fuair a athair bás go hóg. Ba cheart go dtuigfeadh sé go gcuireann a leithéid ding idir na daoine.

Smaoinigh sí ar scannán a chonaic sí uair faoi ógbhean dhathúil – a pictiúr féin – a d'fhág an teallach le dul isteach sa chlochar le héalú go brách ón saol. Shil Sara deoir an lá sin, agus thuig sí go scartar dhá chineál duine óna muintir: an duine beannaithe agus an duine leithleasach.

'Tá mise ag dul a chodladh,' ar sí go cinnte, agus thuig a hathair nárbh fhiú dó a bheith ag argóint léi. Sheas Sara ina craiceann os comhair an scátháin sula ndeachaigh isteach sa leaba. Bhí na heasnacha le feiceáil faoi na cíocha. Cnámha na corróige cosúil le dhá chamóg faoin mbolg folamh.

* * *

Bhí bioráiníní báistí ag priocadh a craicinn. Ní priocadh ach oiread é. Ní baileach gur bháisteach a bhí ann ach ceobhrán. Ceobhrán éadrom ag imeacht ar an aer. Braoiníní beaga, bídeacha, boga. Mar a bheadh drúcht ann. B'fhéidir gurbh é sin a bhí ann. Titim na drúchta.

Ach bhí fuacht ann freisin. Fuacht agus taise. Níor dheas é. B'fhada léi gur tháinig sí tigh Ghearóid. Bhí na scamaill liatha ag snámh thar éadan na gealaí os a cionn. Bhuail sí cnag ar an doras go láidir. Faoi dheireadh, d'oscail duine éigin an fhuinneog bheag sa díon. Sheas Sara siar ionas go mbeadh feiceáil uirthi.

'Céard é féin?' arsa Nóirín. Bhí sí leath ina codladh agus a gúna oíche uirthi. 'Shíl muid gurbh iad na gardaí a bhí ann. Fan soicind amháin.'

D'fhan Sara go foighdeach nó gur osclaíodh an doras. Isteach léi gan fanacht le cuireadh. Bhí sé an-mhall san oíche.

'Tá mé ag dul ag fanacht anseo in éineacht libh,' ar sí ansin.

'Ní fhéadfaidh tú fanacht anseo.'

'Féadfaidh, cinnte,' arsa Gearóid agus é ag teacht anuas an staighre. Ní raibh sé le feiceáil. Ní raibh ann ach glór sa dorchadas. Bhí sé gan fuil, gan feoil. Glór cneasta sa dorchadas.

'Beidh achrann ann,' arsa Nóirín. 'Tiocfaidh siad á tóraíocht.'

'Tá mé ag iarraidh fanacht anseo in éineacht libhse. Ní bheidh mé sa bhealach oraibh ar chor ar bith. Ní bheidh a fhios agaibh go bhfuil mé ann ar chor ar bith. Agus ní ithim mórán.'

Ní raibh inti ach scáth. Scáth sa dorchadas.

'Tá mé á rá leat, a Ghearóid. Tá rud éigin cearr léi seo. Tá rud éigin cearr leat féin freisin má cheapann tú go bhféadfaidh sí fanacht anseo.'

Muise! Ní scéal nua a bhí anseo do Sara. Na daoine ag caint uirthi amhail is nach raibh sí i láthair beag ná mór. Agus rud eile, é le tuiscint gur shíl siad gur dhuine ar leith í. Amhail is dá mbeadh beirt Sara ann. Duine a bhí in ann gach rud a chloisteáil; an duine eile bodhar. Ciall ag duine amháin; agus gan ciall ar bith ag an duine eile. Goile maith ag duine amháin; agus gan dúil sa bhia ag an duine eile. Duine amháin a bhí beo; agus an duine eile...

'Tá mé ag iarraidh fanacht,' arsa sí go cráite.

'Féadfaidh tú fanacht, cinnte. Anocht, ar aon nós. Tá tú imithe ó do mháthair, nach bhfuil?'

Agus ansin bhí láimh Ghearóid timpeall a gualainne, agus chuir sise láimh timpeall ar a bhásta nochtsan.

'Tá mé ag iarraidh fanacht anseo go deo,' arsa sí.

'Fanfaidh tú anocht, a chroí.'

'Déan do rogha rud,' arsa Nóirín, ar nós cuma liom. 'Ach tar ar ais a chodladh liomsa anois. Codlóidh Sara thíos staighre anocht.'

'Maith go leor, mar sin,' arsa Gearóid, agus thug sé Sara anonn chuig an leaba cois na fuinneoige. 'Beidh tú deas te anseo, a Sara.'

'Beidh.'

'Bain díot do chuid éadaigh. Tá tú fliuch. Gheobhaidh mise pluid thuas staighre duit.'

Bhí Sara an-sásta go raibh cairde aici. Bhí sceitimíní áthais uirthi. Bhain sí di a cóta báistí. Bhí a cuid gruaige fliuch. Chuala sí an staighre ag gíoscán agus Gearóid ag dul suas agus anuas arís.

'Seo duit.'

'Oíche mhaith.'

'A Ghearóid!'

Rug sí greim air, mar shíl sí go raibh sé ar tí tiontú uaithi agus imeacht.

'A Ghearóid, teastaíonn rud le hithe uaim.'

Rinne Gearóid gáire go searbhasach.

'Aha! Beidh sé ina rún eadrainn. An chaoi a mbíonn tú ag ithe i lár na hoíche.'

'Tá mé stiúgtha, sin an méid.'

'Cinnte. Is dócha nár ith tú aon rud ar feadh an lae. Fan soicind.'

Chuala Sara fuaim a chos ar an urlár crua. D'oscail sé an doras. Tháinig sé ar ais tar éis cúpla nóiméad agus canda breá aráin aige. An t-arán a rinne Nóirín. Sháigh Sara a cuid fiacla géara ann. Bhí blas beagán géar air. Ach fós féin, bhí sé go deas. Bhí sé bog, úr. Ach bhí sé blasta. Agus bhí cothú ann. Bhí tart uirthi freisin. Theastaigh deoch uaithi, bainne, b'fhéidir. D'éirigh sí as a bheith ag cogaint ar feadh nóiméid. Shíl sí meangadh a dhéanamh leis an bhfear óg. Ach níor éirigh léi. D'ardaigh sí a láimh, agus theagmhaigh na méara lena brollach de thimpiste. Bhí a chraiceann fuar ach bhí beocht ann.

'Ah!'

Bhain sí geit as.

'A Ghearóid!'

Bhí Nóirín ag fógairt ón seomra. Bhí ciúnas ann. Bhreathnaigh siad idir an dá shúil ar a chéile.

'Oíche mhaith.'

'Oíche mhaith.'

Phóg sé a béal go héadrom. Bhrostaigh Sara uirthi a chodladh. Bhain di a cuid éadaigh. Scar sí an phluid ar an mbrat trom faoi lagsholas na fuinneoige. Shín sí siar, an brat fúithi agus an phluid thairsti. Ní hé an mianach céanna a bhí i gceachtar díobh agus a bhí sna braillíní a chleacht sí. Bhí siad garbh, agus bhí siad ag cur tochais inti. Bhí ocras uirthi fós. Agus tart. Dhún sí na súile. Sin é! Beidh rudaí i gceart, arsa sí léi féin. Sin mar a bhíodh i gcónaí. Is gearr go raibh sí ina luí in éineacht le Gearóid ar mhóinéar féir. Agus ceol na habhann ag cur suain uirthi de réir a chéile. Is gearr eile a d'airigh sí an tochas.

Ní fada gur tháinig an lá, dar le Sara. Bhí sí ina codladh go sámh nuair a dhúisigh torann mór, meicniúil í ar an gclós. Chas sí ar a taobh. Chuimhnigh sí cén áit a raibh sí. Bhí solas an lae ag sileadh go leithscéalach isteach tríd an bhfuinneog. Shuigh sí aniar, agus rinne sí tréaniarracht breathnú. Ach is beag léargas a bhí ann de bharr chomh domhain sa bhalla is a bhí an fhuinneog. Torann tarracóra a bhí ann. Níorbh ea, níor tharracóir é. Bhí amharc amach anois aici. *Land Rover* mór a bhí stoptha os comhair an dorais.

Chuala sí an doras á oscailt. Agus buille nuair a dúnadh arís é. Shleamhnaigh Sara síos faoin bpluid go tapa. Tháinig fear isteach. Fear chomh mór is a chonaic Sara riamh. Fathach láidir agus cuma sách salach air. Gruaig réasúnta fada air agus cóta dufail. Bhí an doras líonta aige ionas gur bheag solas a bhí ag éalú isteach.

'*Hello*,' arsa Sara.

Bhí faitíos a croí uirthi. Chas an fear a cheann le hiontas. Bhí an bheirt ag éirí thuas staighre. Agus ansin bhí éadan Nóirín le feiceáil bun os cionn sa pholl ag ceann an staighre.

'Royston!'

Caibidil 8

'Gabh amach as seo! Gabh amach!'

Bhí Sara ag screadach. Shílfeadh duine go raibh na saighdiúirí gallda ag marú na bpáistí. A gcuid sceana nochtaithe acu. Faobhar faoi réir. An fhuil ag sileadh.

'Céard sa diabhal atá cearr léi seo?' arsa an fear mór de ghlór garbh, mífhoighdeach. Tháinig Nóirín anuas an staighre. Bhí sí ag cuimilt a súl agus í fós leath ina codladh. Bhí Royston ina sheasamh i gceartlár an tí faoin am seo ionas go raibh an solas ag leathadh tríd an doras isteach.

'Tá sé ceart go leor, a Sara. Déan go réidh. Sin Royston.'

Cheangail Sara an phluid timpeall uirthi féin. Bhí bualadh fiacla uirthi.

'Cé sa diabhal í féin? Céard atá uirthi?'

'Cén fáth a bhfuil tú anseo, a Royston? An t-am seo de mhaidin. Go bhfóire Dia orainn, níl sé a hocht fós.'

'Caithfidh mé fanacht anseo ar feadh píosa.'

'Ara, bíodh an diabhal agat.'

'Caithfidh mé, a Nóirín.'

'Caitheadh amach faoi dheireadh thú, ar caitheadh? Bhí sé thar am. A Ghearóid, dúisigh.'

Bhain Sara lán na súl as an bhfathach fir. Is é a bhí fiáin, garbh. É ina sheasamh os a gcomhair faoina chóta mór, agus cuma an oilc air.

'Gabh isteach sa chistin,' arsa Nóirín, 'agus gléasfaidh Sara í féin.'

Lean sé Nóirín, agus chuir sé na súile trí Sara ar a bhealach. Ansin bhreathnaigh sé go grinn ar fud an tí. An bodach tíosrach. Fiú agus é imithe, bhí Sara fós ar crith.

D'éirigh sí, agus chuir sí uirthi a cuid éadaigh. Bhí sí ina lándúiseacht anois. Ní raibh sí cinnte cén fáth. Mar gheall go raibh solas an lae ann? Mar gheall ar an bhfear a tháinig?

'Ar chodail tú?'

Is é Gearóid a bhí ag caint léi. Ag teacht anuas an staighre faoi dheifir a bhí sé. D'fhan Sara sa chúinne mar a raibh sí. Ní raibh uaithi ach dul a chodladh arís. Síneadh. Codladh. Gáire. Is beag ábhar gáire a bhí i bpiachán an dá ghlór sa chistin. Shamhlaigh sí í féin sa phictiúrlann. Í á ligean féin síos sa suíochán bog. Í ag feiceáil chloigne na ndaoine idir í féin agus an scáileán. Í faoi dhraíocht ag an nathair solais os a cionn a bhí ar snámh sa dusta ar a bhealach chuig an scáileán. Ach bhí faitíos uirthi breathnú ar na pictiúir anois. Dhún sí na súile. Bhí an fhuaim le cloisteáil fós. Shuigh sí ar an mbrat, agus chuir sí cluais uirthi féin.

'Caithfidh mé. Ar feadh cúpla lá,' arsa glór Royston go láidir, stuama.

'Ní bheidh muid i bhfad eile anseo,' arsa Nóirín.

'Caithfidh muid an teach a fhágáil roimh an ngeimhreadh,' arsa Gearóid.

Meas tú an ag insint na fírinne a bhí siad? Nó an ag cur dallamullóige ar Royston a bhí siad? Ní fhéadfaidís an teach a fhágáil anois. Nach raibh sise ag iarraidh cónaí ann in éineacht leo! Bhí sí ag iarraidh a saol a chaitheamh ann agus bás a fháil ann. Agus scíth a ligean. Scíth. Go hálainn. Go neamhspleách. Rug sí ar lán doirn den éadach a bhí timpeall uirthi. É tiubh, trom. Má bhí imeacht orthu roimh an ngeimhreadh, chaithfeadh sí féin imeacht. Agus murach gur tháinig mo dhuine ar maidin, bheadh sí fós ina codladh go sámh. Ní bheadh aon ní cloiste ná feicthe aici. Ní bheadh sí buartha agus gan duine aici a chuideodh léi. Bhí a hintinn á líonadh le splancanna grá. Bhí a súile dúnta. Ní go rómhaith a thaitin an scannán seo léi.

* * *

Bhí ciúnas sa teach agus gan gíog cainte as duine ar bith. Bhí Gearóid agus Royston, Nóirín agus Sara ina suí ar dhá thaobh an teallaigh. Bhí an teallach lán le luaith.

'Níl a fhios agam cén áit a gcodlóidh tú,' arsa Nóirín.

'Gheobhaidh mé áit,' arsa Royston.

Chas sé i leith Sara.

'Cén fáth a bhfuil tusa anseo?'

Bhí sí ina suí ar an bhformna in aice leis, agus bhí creathán ina glór ionas nár éirigh léi an freagra a thabhairt ar feadh nóiméid. An féidir nach mbeadh sí ach oíche amháin sa teach? Ní hea, ní mar sin a bheadh. Bhí sí le fanacht ann.

'Tá mé ag iarraidh cónaí anseo.'

Leath gáire ar a béal nuair a dúirt sí sin, agus chuir sí beagán náire ar Royston. De réir a chéile, tháinig nádúr ina shúile, agus d'imigh cuid den alltacht astu. Is duine a bhí ann agus croí aige dá réir. Fear a bhí ann, ar ndóigh. Agus, faoin am seo, bhí cuma níos óige air ná a bhí nuair a chonaic Sara i dtosach é. Bhí sin, agus gan é chomh mór is a shíl sí. Smaoinigh sí air ina sheasamh sa doras ina bheithíoch mór.

'Ní féidir leat cónaí anseo,' arsa Nóirín.

Bitseach bheag a bhí inti seo freisin. Bhí sí mór le gach duine. Má bhí. Í leathphósta le Gearóid. Í milis le Sara. Ach fuair sí seo réidh le páiste. Agus anois bhí sí ag cliseadh ar dhuine a raibh sí cairdiúil léi.

'Cén fáth nach bhféadfaidh sí cónaí anseo?' arsa Royston agus é ag taobhú léi.

'Tá sí ró-óg,' arsa Nóirín.

'Bhí tú féin óg lá den saol, nach raibh?'

'Cén fáth a dtabharfainn aird ortsa? Ní leatsa an áit seo.'

Lig Royston búir as: 'Ná caith drochmheas ormsa go brách arís, a bhitsín!'

Rith sé trasna an tseomra, agus bhuail sé sceilp uirthi ar an leiceann a bhain torann as ballaí an tí. Bhí an troid ag tosú. An troid i ndiaidh an ghrá. Bhí an bheirt acu ag iarraidh an duine eile a chur síos. Bhí drochmhianach sa bheirt acu. Agus an scéal ar fad ag éirí soiléir. Ach bheadh achrann ann fós, agus éadóchas. B'ait an samhradh é. Bhí Nóirín bhocht bán san éadan. Bhí sí ar crith, ach níor thuig sí féin cén chúis a bhí leis.

Tháinig Royston ar ais chuig a shuíochán go mall. Shuigh sé síos. Bhí súile Ghearóid sáite sa luaith. Bhí faitíos air.

'Déan tae dúinn,' arsa Royston go borb.

Tae do gach duine a bhí uaidh, arsa Sara léi féin. Bhí sé cosúil lena mháthair. Thaitin sé leis socruithe a dhéanamh do dhaoine eile. Le cuid den dochar a bhaint as an gcos ar bolg. Is é leas na ndaoine eile a bhí uaidh.

'Ní dhéanfaidh, muis,' arsa Nóirín, 'cead agat féin é a dhéanamh.'

Lig Royston cnead as. Bhreathnaigh Sara ar an urlár.

'Tá mé féin ag iarraidh tae,' arsa Gearóid go ciúin.

Bhí sé ag géilleadh do chumhacht an fhir eile de ghrá an réitigh. D'airigh Sara dorchadas marbhánta an tseomra ag sú a chuid cneastachta as Gearóid. An chneastacht ar thug sise taitneamh dó, bhí pearsa an fhir' eile á slogadh go hiomlán.

D'éirigh Nóirín go drogallach. Ba léir go raibh sise ag géilleadh chomh maith. Bhris fuarallas ar Sara. Thuig sí gurbh í féin an t-aon duine nár ghéill do Royston fós. Ise an t-aon duine díobh a bhí slán. Ise an t-aon duine nach raibh curtha go tóin fós ag údarás agus ag toil an fhir mhóir.

'Tá mise ag iarraidh fanacht anseo,' ar sí arís go láidir.

'Ceart go leor,' arsa Royston.

'Tá mé ag iarraidh fanacht anseo go brách.'

'Tá tú ag dul thar fóir, sílim.'

'Seo an áit a bhfuil mé ag iarraidh a bheith. Caithfidh mé fanacht anseo.'

D'éirigh Sara ina seasamh, agus lig sí béic aisti le trua di féin: 'Caithfidh mé!'

'Bí i do thost, a chailín!' arsa Royston de bhéic ar ais léi.

Níor thuig sé seo an scéal ach oiread. Is beag nár bhuail sí é. Sin mar a bhíodh i gcónaí agus í ina suí go compordach sa phictiúrlann. Beirt ag ithe a chéile. Chas sí i leith Ghearóid, agus smaoinigh sí ar an méid a bhí eatarthu. B'fhéidir go raibh an seans sin caillte aici.

'Ná lig dó mé a chur abhaile, a Ghearóid,' arsí sí go truacánta.

Chuaigh sí ar a dhá glúin, agus rug sí greim air. Fear óg, dathúil a bhí ann fós. Chuimil sé a láimh dá ceann go beannachtach.

118

'Féadfaidh tú fanacht. Céard chuige nach bhféadfadh?' arsa Royston taobh thiar di.

Labhair sé go láidir, ach bhí stuaim agus staidéar ina ghlór ar bhealach ait. Bhí rian den chairdeas ar a chuid cainte freisin. Chas sise timpeall. An ag géilleadh dó a bhí sí féin anois?

Bhí folúntas inti. Nach iomaí rud a bhí le feiceáil ina timpeall. Ach is beag a bhí feicthe aici fós. Nach iomaí cineál bia a bhí sa chistin. Ach is beag de ar bhlais sí de fós. Rinne mo dhuine gáire léi. Royston. An chaoi a ndearna sé an gáire, shílfeadh duine gur mhór an onóir é. Ní dhearna sise gáire ar ais leis. Chuir sí strainc uirthi féin. Strainc feirge a bhí ann amach is amach. Bhí rian den fhaitíos uirthi. Agus beagán den chur i gcéill

Bhreathnaigh sí suas air. Bhí mullach gruaige air mar a bheadh grideall tar éis bagún agus uibheacha a róstadh ann don bhricfeasta. Bhí cúl fada, donn síos go muineál air agus dath an allais air. Ní raibh féasóg ná croiméal air ach an sceach ghruaige. Ba gharbh, ghruama an fear a bhí ann agus an teach gan solas dá bharr. Seo fear a bhí níos mó ná Gearóid. Bhí sé níos mó ná a hathair. Agus bhí sé ag gáire léi.

Chuala siad carr sa chlós. D'éirigh Sara de léim.

'Mam agus Daid. Tá siad ag teacht do m'iarraidh.'

'An bhfuil tú ag iarraidh imeacht?' arsa Royston.

'Nílim,' arsa Sara go deimhin.

Bhí deireadh lena turas féin. Bhí sí san áit cheart. Ní fhéadfaidís gan teacht á hiarraidh. Ach ní chorródh sí.

Nach raibh suaimhneas le fáil san áit álainn seo?

'Ligigí di imeacht,' arsa Nóirín os ard.

Bhí an bheirt fhear ina seasamh ag stánadh uirthi.

'Níl inti ach páiste,' arsa Nóirín. 'Tá sí tinn.'

'Ná cuirigí abhaile mé,' arsa Sara. Bhí sí ag impí ar na fir. Chuaigh Royston agus Gearóid anonn chuig an doras. An bheirt bhan ina ndiaidh ag brú a chéile as an mbealach.

'Fanaigí ansin,' arsa Royston.

Ní raibh cor as ceachtar den bheirt chailíní. Nóirín ina staic. Sara mar a bheadh leac oighre. Bhí an carr tar éis stad taobh amuigh. Chuala siad doras ag oscailt. Doras ag dúnadh.

Áit a raibh Sara ina seasamh le giall an dorais, chonaic sí Royston ina sheasamh ar an tsráid taobh leis an *Land Rover* agus Gearóid lena sháil. Ní raibh a mháthair ná a hathair le feiceáil. Ansin chuala sí glór fir. Glór a hathar.

'Tá m'iníon anseo, tá mé ag ceapadh.'

'Níl sí ag imeacht leat,' arsa Royston leis.

'Tá sí anseo, mar sin! A Sara!'

'Ní mholfainn duit dul i ngar don teach,' arsa Royston go trodach.

Bhí croí Sara ag pléascadh. Bhí Nóirín ag breathnú uirthi go drochmheasúil. Ní fhaca sise sa scéal ar fad ach an t-achrann a bhí Sara a tharraingt orthu. Agus bhí sí féin thíos leis. Bhí a cuid údaráis ag imeacht le gaoth uirthi.

'A Sara! Gabh amach anseo!'

'Níl sí ag iarraidh imeacht in éineacht libh,' arsa Gearóid go neirbhíseach.

'A Sara!'

'Abair leis é, a Sara,' arsa Royston in ard a ghutha.

Thriomaigh an scornach ar Sara. Bhí sí ag iarraidh géilleadh dó. Bhí sí ag iarraidh an sásamh sin a thabhairt dó. Nach raibh an t-iachall sin uirthi? Ach bhí snaidhm ina teanga. Chuir sí a cloigeann amach beagán ionas go raibh feiceáil uirthi sa doras.

'Ná bígí ag cur as dom,' arsa sí go giorraisc, agus isteach leis an gcloigeann arís.

'A Sara, a chroí, gabh i leith amach.'

Shiúil a hathair i dtreo an dorais, ach sheas Royston an fód.

'Stop.'

'An bhfuil tú ag coinneáil m'iníne uaim, an bhfuil?'

'Tá sí sách sean anois le rogha a dhéanamh.'

'Tá, muis. Níl sí ach sé déag.'

'Sách sean.'

'Níl deireadh leis seo, bíodh a fhios agat é. Tabharfaidh mise na gardaí aníos anseo. Tá sibh ag coinneáil cailín óg in aghaidh a tola.'

'Ní in aghaidh a tola, a mhaicín.'

'Níl mé ag iarraidh an áit seo a fhágáil,' arsa Sara os ard, faoi mar ba fúithi féin an socrú a dhéanamh. Lig sí í féin siar in aghaidh an bhalla in aice leis an bhfuinneog. Bhí a hathair ag imeacht. Chuala sí doras an chairr á dhúnadh de bhuille. Ba ghearr go mbeadh na gardaí ann, arsa sí léi féin. Agus na cótaí bána orthu. Ní hea. Ach cótaí gorma. Bhí dul amú uirthi. Thiocfaidís á hiarraidh. Á scrúdú. Á breith leo. Á líonadh le drochphiollaí. Ionas go gcuirfeadh sí suas feoil de bharr a gcuid imní agus a gcuid cúraim. Í ina gabhar beathaithe le róstadh.

Chuaigh arraing tríthi le faitíos. Bheadh lucht na gcótaí bána ann. Iad bán. Róbhán. A gcuid snáthaidí á priocadh. A gcuid piollaí ag cur oibriú boilg uirthi. Síos an bóithrín dearg. Síos agus isteach. Inti. Tríthi. Lámha láidre na bhfear. Meangadh mioscaiseach na mban. Mam agus Daid ag teacht ar cuairt chuici. Arís agus arís eile. An dochtúir óg, fear breá agus an folt catach gruaige air. An garda

121

ramhar agus drochbholadh ar a chuid anála. Anáil gach duine díobh. Iad ag breathnú. Ag faire. Ag scrúdú. Ag feiceáil.

Tharraing sí siar a cuid liopaí líonta. Bhí na bláthanna le feiceáil aici. Sna gairdíní. Faoi na crainn. Timpeall an ospidéil. Le linn an tsamhraidh. Agus de réir mar a bhí a hintinn ag éalú léi mar sin, mhothaigh sí teas agus nádúr na háite ar chaith sí seal ann agus í tinn. Bhí an teas sin ag cur aoibhnis ar a colainn agus ar a cuid céadfaí. Agus d'éirigh tuar ceatha sa spéir leis na dubhscamaill a dhíbirt. Tuar ceatha ina sheanléine dhearg is bhuí agus na snátha ag sileadh aisti. Síos go bun na spéire. Isteach sa channa péinte. San áit a dtéann an ghrian a chodladh san oíche. Agus ba mhaith léi féin a bheith ina codladh arís. Thit an mhian sin mar a bheadh pluid uirthi. Go trom. Ach go ciúin. Agus d'éalaigh sí léi le codladh a dhéanamh ar mhóinéar mín, glas na haigne. Sin mar a shamhlaigh sí an scíth. Radharc a mheallfadh na céadta. Go brónach. Sula dtiocfadh fear scaipthe an tsíl . . .

Go tobann, bhuail Nóirín sceilp san éadan uirthi.

'Tá rud an-seafóideach déanta agat, a bhitsín d'óinseach. Gheobhaidh sé seo thú.'

Ní deirfiúr léi a bhí i Nóirín. Ná cara. Bean uaigneach a bhí inti. Bhí idir uaigneas agus fhaitíos uirthi.

'Ní fúmsa atá sé.'

'Lig di,' arsa Royston go borb agus é ag teacht isteach le Gearóid.

'An bhfuil tú ceart go leor?' arsa Gearóid go cúthail.

Bhí imní an domhain airsean. Ní fada ó bhí sé ina ghaiscíoch óg ag insint a scéil féin. Ach bhí meath ar a chuid gaisce anois. Bhí an neart tráite as. Bhí deireadh lena scéal.

A phort seinnte. Shuigh Sara ar an mbinse le teann iontais de bharr an bhuille. Tháinig Royston anall chuici gur chuimil láimh leis an mball dearg ar a leiceann. Shiúil Gearóid coiscéim ina leith. Ach is gaiscíoch cloíte a bhí ann.

'Bí tusa ag caint le Nóirín,' arsa Royston go húdarásach. 'Tá do rogha déanta agat.'

* * *

'An fíor nach n-itheann tú aon ghreim?' arsa Royston.

Bhí Sara ina luí go lag, tuirseach ar an mbinse leapa cois na fuinneoige.

'Is fíor,' arsa sí.

Bhí boladh na tine agus boladh toite san áit. Is é Gearóid a las an tine. Is é Royston a réitigh an rud a bhí á chaitheamh acu. Dó a bhí sa dá rud. Ceol na tine, agus na fir ag caitheamh gaile. Dó gan mhúchadh. Dea-rud nach mbeadh deireadh go deo leis. Timpeall uirthi sa gharraí. Thíos ina bolg, áit nach raibh aon rud ach fuílleach bia, agus aer. Chrom an fear mór, agus leag sé póg ar a baithis. Póg athar.

Lig Sara uirthi gurbh í féin iníon an rí a fuair an cliabhán sa luachair. Cliabhán a bhí i bhfolach ar feadh i bhfad ar ghathanna na gréine. Agus nuair nárbh í féin an mháthair, thóg sí an páiste ar a hucht, agus lig sí uirthi gur léi féin an páiste, cé gur sa luachair chaol, ard a bhí sé ceilte ar an saol. Bhí fuacht sa bhalla lena taobh. Ba mhór an balla é. Choinnigh sé solas an lae amach. Áit dhorcha a bhí sa teach dá bharr. Ní hea, ní dorcha a bhí sé. Ach ní raibh an ghrian ann. Bhí sé caoch. Ní raibh aon ní ag fás ann. Agus boladh na mbláthanna sna garranta máguaird. Na bláthanna ar fad mar a bheadh bronntanas di le cur ar a glúin. Dath álainn na meirge ag teacht orthu timpeall uirthi. Cosúil leis na bronntanais bheaga fhánacha a thug strainséirí di san ospidéal. Cosúil leis an airgead geal a chuir na strainséirí ar philiúr Sarah eile fadó.

'An bhfuil tú ceart go leor, a Sara?' arsa Gearóid, ina shuí ar an mbinse.

'Tá, go raibh maith agat,' arsa sise.

Bhreathnaigh sí go géar air. Bhí cuma an-chneasta air. Cneasta. Ach bhí sé i bhfad uaithi. Agus bhí an chneastacht sin ag teastáil uaithi. Mar bhí maiteachas agus dóchas sa chneastacht sin. Bhí sí ag iarraidh a bheith láidir. Ach bhí sí lag. Bhí tuirse uirthi, ach bhí croí maith inti. Chuaigh Royston ar ais chuig an mbeirt eile. Bhí teas a láimhe fós ar a baithis. Shuigh sé ar an urlár in aice le Nóirín. Rinne sise áit dó agus náire an domhain uirthi. Gearóid, Nóirín agus Royston: bhreathnaigh siad triúr ar an gcailín eile. Í sínte go lag, cloíte. B'ait an feic í. Agus is pisreogach, aineolach an t-amharc a thug siad uirthi. Bhreathnaigh siad uirthi go balbh. Gan oiread is focal a rá. Gan bacadh le cuidiú léi.

* * *

Bhí an lá ag sleamhnú thart go mall. Ach níor tháinig deoraí go dtí an tArd Mór. Arís agus arís eile, d'éirigh Sara ar a dhá glúin ar an leaba le féachaint amach tríd an bhfuinneog. Ach níor tháinig duine ar bith. Níor tháinig ach an oíche. Chonaic sí dathanna an tsléibhe ag dul i léig tríd an bhfuinneog bheag. Go mall, tuirseach. Bhí an saol ag géilleadh don oíche.

Ach ní raibh carr ar bith le feiceáil. Ná carr le cloisteáil beag ná mór. Bhí sí ag súil le carr, agus ba mhaith léi nach mbeadh toradh ar an bhfanacht. Bhí a croí sásta. Ba dheas an rud a bheith in áit mar sin agus gan athair ná máthair á feiceáil. Gan duine á feiceáil ach strainséirí. Gan duine ach an triúr a bhí sa teach. An triúr peacach céanna; bhí sí mar a bheadh naomh ina láthair, agus an t-anam á mhúchadh inti.

* * *

Bhí Nóirín ag féachaint uirthi go hamhrasach. Í cosúil le banaltra mhífhoighdeach ag coinneáil súile uirthi ar fhaitíos go mbeadh sí dána. Agus Royston é féin. É ag ligean air gur fear mór a bhí ann. Ach bhí a shúile ag gáire léi. Maidir le Gearóid, bhí an nádúr imithe as. Áit a raibh áilleacht agus neart ann, ní raibh fágtha ach laige agus drochmhianta.

Ach smaoinigh sí ar an méid a bhí eatarthu. An rud a bhí ar tí tarlú. Bhí aiféala uirthi. Bhí a mian le fáil aici. An bhrionglóid á fíorú. Ach dhúisigh sí i lár na brionglóide. Agus chuir sí an grá amú. Bhí deireadh leis sin anois. Ba ghearr uaithi an deireadh. Níorbh fhiú di a bheith ina luí ansin agus aiféala uirthi. Ní fhéadfadh sí paidir a rá sa pholl seo. Ach scíth a ligean. Go neamhurchóideach. Go sásta. Cén fáth a raibh an t-ualach seo uirthi? Cén fáth a raibh sí ina heisceacht? Ba mhór an t-ualach é ar dhuine óg. Ba ise Sara óg. Sara óg gan smál. Bhí an leaba bheag á slogadh.

'An bhfuil tú ceart go leor?' arsa Gearóid.

'Táim.'

'Beidh mé féin agus Gearóid ag dul a chodladh gan mhoill,' arsa Nóirín.

Bhí sise ag iarraidh a bheith saor. Ach thuig Sara go raibh a gcuid saoirse bainte den triúr acu. Nuair a bheadh deireadh déanta, bheadh milleán orthu ar fad. Bheadh milleán ag an saol orthu.

'Níl a fhios agam cén áit a gcodlóidh tusa, a Royston,' arsa Nóirín. Bhí a cuid saoirse bainte de Nóirín cheana, dar le Sara. Ach bíodh sin amhlaidh, ní raibh sásamh ar bith ann di féin. Ach cúis bhróin. Brón faoin rud nach raibh dul as. Bhí Nóirín páirteach sa chiapadh. Bhí sí ag baint suilt as fulaingt Sara. Is é scéal an aifrinn a bhí ann agus íobairt le déanamh.

Go tobann, chuala siad gíoscán géar na ngiaranna. Díbríodh an ciúnas agus an feitheamh mar a dhéanfadh pléasc ghránna le linn scannáin mhaith leis an lucht féachana a bhrú siar ina gcuid suíochán.

'Carr!' arsa Nóirín go neirbhíseach. 'Tá siad tagtha á hiarraidh.'

Nach deireanach a tháinig siad. Níor thuig Sara céard a bhí ag tarlú, agus d'fháisc sí an phluid timpeall uirthi féin. Nár shuarach an cleas é! Fanacht go hoíche. Teacht agus é dorcha. Teacht aniar aduaidh orthu.

'Fanaigí anseo!' arsa Royston. An ceann foirne. An saighdiúir a choinneodh an tsíocháin di. Amach le Royston feiceáil céard a bhí ag tarlú. Thug Gearóid sracfhéachaint ar Sara. Is maith a d'aithin sí an tsúil sin. Bhí aithne aici ar Ghearóid. Duine eile a raibh mianach na cathrach ann. Agus é i gceartlár na tuaithe. Bhí fiántas na tuaithe ina dtimpeall amuigh. Ní fial an áit a bhí ann. Is beag rud a bhí le fáil in aisce ann. Agus an oíche á slogadh anois. Gan aon rud le feiceáil ach solas an chairr ina abhainn gheal ghallda ag sileadh thar an tairseach isteach.

126

'Tá mé bréan den tseafóid seo,' arsa glór a hathar. Bhí tocht air. 'An gcloiseann tú mé, a Sara?'

'Cá bhfuil do chuid gardaí, muis?' arsa Royston go fonóideach.

'A Sara, tá deireadh leis an gcluiche. Amach leat anois, maith an cailín.'

Níl sé ag iarraidh go bhfaighinn bás, arsa Sara léi féin. Sin é an bunús a bhí lena chuid ealaíne. Thuig sé an rud a bhí i ndán.

'Níl sí ag iarraidh imeacht,' arsa Royston.

'Níl a fhios agam faoi sin!'

Go tobann, bhí tarraingt agus stracadh le cloisteáil sa dorchadas tríd an solas geal. Buille agus osna.

'Frank!'

Glór a máthar. Bhí sise ann freisin. Tháinig fuacht ar chraiceann Sara, ach níor chorraigh sí beag ná mór. Ní raibh ardú na méire inti le huafás. Ní raibh le cloisteáil amuigh ach tarraingt na gcos is na lámh. A máthair agus í ar mire. Níor shíl sí go mbeadh fuil agus foréigean ann i ndeireadh na dála. Ní raibh súil aici leis seo. Torann na gcos faoi dheifir. Daoine ag cúlú. Ag éalú leo. Torann an chairr. Ag tosú agus ag imeacht léi ansin.

Thug Royston a bhreith ar an eachtra ag teacht isteach dó: 'Ní chuirfidh siad isteach ort arís.'

Amadán, arsa Sara léi féin. Amadán eile. Níor thuig sé tada. B'fhéidir go raibh sé crua, láidir, ach bhí sé chomh dímheabhrach céanna leis an gcuid eile acu.

'Ní éireoidh mé den leaba seo go brách,' arsa Sara.

Ba léir gur mar sin a bheadh. Anocht an deireadh. Dhéanfaí an uaigh anocht.

'Níl aon uaigh ann,' arsa Gearóid go stuama. 'Níl aon

127

uaigh ag an Sarah sin. Leag siad an leac. Bhí a fhios agam féin é sin ó thús. Thug siad leo an leac. Níl a fhios ag duine ar bith cá bhfuil sí.'

Bhí an corp slogtha ag an talamh, mar sin. Gan a rian le fáil. Gan cuimhne ar an uair a fuair sí bás. Í ag déanamh neamhní i gcré na cille. Áit nach bhféadfadh na fir a tuairisc a chur. Bhí sí saor ó lámha na bhfear san áit nach raibh leac ar an uaigh.

Má bhí Sara sásta, ba dhóigh léi gur buaileadh bob uirthi. Shíl sí ligean lena cuid smaointe ionas nach mbeadh inti ach colainn gan aigne. Í sínte siar i bhfad ó bhréaga na bhfear cneasta, i bhfad ó Ghearóid. Ach ní cneasta a bhí Gearóid. Ní chuirfeadh duine cneasta dallamullóg ort mar sin. Fear lag, gan bhrí a bhí ann. Mheall sé í lena ghlór binn. Bréagadóir gan mhaith a bhí ann. Chothaigh sé a cuid dóchais. Ach cheil sé an fhírinne uirthi. Maidir le Sarah. Ach bhí sí luaite leis anois. Bhí sí luaite leis an triúr.

'Bhí náire ar na daoine mar gheall ar an leac,' arsa Gearóid go smaointeach. 'Sin é a tharla.'

Náire! Nár chuma leis na daoine suaracha sin faoin náire! Daoine iad ar mhaith leo a gcuid peacaí féin a áireamh. Agus breithiúnas aithrí a dhéanamh go bréagach. Ní raibh tréith ar bith dá gcuid ag roinnt le Sarah. Bhí peaca orthu. Is gearr a mhair cuimhne orthu.

'Ní éireoidh Sarah go brách arís,' arsa sí go ciúin.

Caibidil 9

'An bhfuil tú i do chodladh?' arsa Royston.

'Níl,' arsa Sara, 'tá mo bholg folamh.'

'Tá, agus do leaba.'

B'fhéidir go raibh ach b'fhearr le Sara é sin. Bhí sí deas te, agus bhí faitíos uirthi roimh an bhfear seo a bhí ina luí sa dorchadas thall uaithi. Ní raibh rud ar bith aici feasta ach a cuid smaointe féin. Ach oiread leis an Sarah eile a bhí gan uaigh. Bhí sise gan uaigh, gan ainm, gan cháil.

'A Sara!'

'Céard?'

'Tá mise fuar anseo.'

'Is dócha go bhfuil. Tá an t-urlár fuar.'

'An bhféadfaidh mé codladh leatsa?'

'Níl aon áit ann.'

'Tá neart áite ann. Ná bíodh imní ar bith ort.'

Is maith a thuig Sara céard a bhí ar bun. Chuimhnigh sí ar Ghearóid agus an boladh a bhí air, agus a chuid cneastachta, agus brú a theanga. Rugadh greim uirthi sa dorchadas. Royston a bhí ann. Bhí sé tar éis éirí agus a bhealach a dhéanamh chuig an leaba. A léine fliuch leis an allas.

'Brúigh anonn, maith an cailín.'

Cuireadh Sara siar le balla nuair a shleamhnaigh an bodach isteach faoin bpluid. Trua nár thapaigh sí an deis le Gearóid nuair a bhí an deis ann. Anois ní raibh uaithi ach codladh. Is gearr go dtiocfadh an mhaidin, dá bhféadfadh sí codladh. Agus cé nach raibh a dóthain áite aici, bhí sí compordach go leor, agus bhí sí ag imeacht le sruth an chodlata i gciseán éadrom ar éadan an uisce. Agus dorchadas mór na hoíche ann.

'A Sara!'

Bhí sí idir dhá néal nuair a chuala sí glór Royston. Bhíog sí.

'A Sara, céard a d'inis siad duit fúmsa?'

'Tada.'

'Seo. Bí cinnte go ndúirt siad rud éigin. Céard a dúirt siad?'

Bhí greim ghualainne aige uirthi agus é ag iarraidh freagra a bhaint aisti.

'Dúirt siad go raibh Nóirín leagtha suas agat, ach go bhfuair sí réidh leis an leanbh. Dúirt siad gur tú a dhíolann an stuif sin a mbíonn siad a chaitheamh.'

'Muise!'

'Déanann tú drochrudaí, an ndéanann?'

Bhí teas a chuid anála róghar dá muineál. Ní raibh siad in ann a chéile a fheiceáil sa dorchadas. Ach fós féin, ba léir dóibh a chéile. Bhí an méid sin le brath ag Sara. Bhí siad brúite le chéile sa leaba bheag, the. Duine agus gan smál uirthi; an duine eile agus croí an oilc aige. Ba mhór an difríocht a bhí eatarthu. Ach bhí ceangal eatarthu de bharr na difríochta sin. Ceangal an ghrá. Ceangal idir dhá cholainn nach féidir a chruthú idir dhá intinn.

'A Royston!'

'Éist, a Sara, a chroí. Éist!'

Agus bhí ina chraiceann faoi na pluideanna. Seanchraiceann. Craiceann óg. Rud gan chiall. Rud gránna. Ní raibh cneastacht ar bith sa teanga seo. Ach an drúis ag sileadh léi go fuar. D'airigh sí na lámha boga. Iad mín. Iad garbh, agus an-gharbh, ar bhealach. Na lámha féin mór, místuama. Ach iad bog i mbun a gcuid oibre. Iad ag iarraidh a bheith deas réidh.

Bhí sé ag cogarnach faoina cuid gruaige. Rudaí graosta a bhí á rá aige. Rudaí seafóideacha chun í a mhúscailt. Bhí neart ag teacht inti le cur ina aghaidh go mór. Ach bhí na lámha ag baint an éadaigh dá craiceann. An phluid gharbh á priocadh. Na lámha ag brú. Splanc i súile na beirte sa dorchadas. Solas faoi leith ina súile féin. Súile aduaine. Agus súile mo dhuine. Bhí sé ag stiúradh an bháidín ar an sruth. An ciseán sa luachair. Bhí na préacháin i ngarraí na heornan go deo.

Bhris scaird fola uirthi. Pian ghéar á sú ag a bolg. An phian ag lcá i dtonnta na hoíche. Lig sí osna mhór faoi ghruaig mo dhuine. Bhí greim dhocht aici air. Bhí an léine fliuch, sleamhain faoina cuid méar. An t-amadán á oibriú féin go mall, cinnte. Mar a bheadh spealadóir ag baint an fhéir fadó, fadó. Go maorga agus go riachtanach. An chéad sá. Milis. Te. Suaimhneas ina dhiaidh sin. An leaba socair. Codladh na hoíche ag tathaint arís.

Bhí mar a shíl sí. Mar a léigh sí. Mar a chuala sí. Mar a chonaic sí. Ar bhealach ait, ba rud seanchaite é. Seachas an chaoi ar shantaigh sé na cíocha lena bhéal. Phóg sé iad. Dhiúl orthu. Bháigh sé a cheann san fheoil bhog.

Chaith sé tamaillín ina luí mar a bheadh páistín nuabheirthe. Páistín a raibh a sháith ólta aige.

Bhog sise é go mall, séimh. A lámha ceangailte timpeall air. Fathach de pháiste nuabheirthe. Ise ag cur na súl go síleáil.

Bhí Gearóid os a cionn. Lig sí eisean uaithi. An té a bhí aici anois, is fear mór, trom a bhí ann. Lig sí uaithi cneastacht Ghearóid. Ina áit sin, ní raibh aici ach an fear garbh seo agus a chuid mianta gránna agus a ghéaga spréite thairsti.

Ach nach duine ar leith a bhí inti féin fós? Nó an raibh sí ina Nóirín eile anois? Toradh a broinne ina lón tine agus síol bréan an tíoránaigh ag brú na gaoithe amach as a putóg fholamh? Bhí pian nimhneach ina brollach á freagairt. Bhí abhainn an nádúir go fliuch ina gabhal. Ach bhí seascach ar a hanam. Bhí sí ag titim idir an dá stól sin. Nach iomaí cailín óg, láidir a thuig an laige sin? Tagann na fir. Bíonn fir go leor ann. Iad deas go leor, iad dána. Fágann siad cliabhán ar gach teallach. Agus déanann siad feoil den saol. Chuir sí a láimh síos idir í féin agus an fear, san áit ar gortaíodh í. Sin gortú nach gcneasódh go brách tar éis na hóige.

An é nach raibh inti ach bean den bhantracht anois? An raibh an cailín óg sin ina luí sa chónra agus an clúdach dúnta go daingean uirthi de bhuille casúir? An raibh sí básaithe cheana féin? An é nach raibh anseo ach an bás?

Má bhí bás faighte aici, bhí sí le cur fós. Ní raibh aon chónra aici. Ná uaigh. Ní raibh ann ach an corpán. Ag súil le haiséirí. Bhí deireadh le Sara amháin. Bhí an dara Sara beo. Bhí bás faighte ag an Sara óg. Bhí an Sara mná beo. Bhí sí ina leath-Nóirín feasta. Bhí sí ina leathmháthair.

Bhreathnaigh sí i leataobh ó mo dhuine. Ach ba dheacair éalú. An balla mór, fuar go daingean lena taobh. D'éirigh uaigneas mór aníos inti. Ní raibh sí ag iarraidh a bheith tinn! Ní raibh sí in ann corraí! Bhí sí ag iarraidh caoineadh beagán. Agus codladh. Ach ní raibh ag éirí léi. Bhí Royston ag dúiseacht. Agus é ag iarraidh tuilleadh.

* * *

Chaith sí leath na hoíche ag breathnú air agus é ina chodladh go sámh, sásta in aice léi. Bhí sé ag srannadh go héadrom. É ag bogchneadach go santach trína chuid fiacla. Bhí súile Sara leata le hiontas. Bhí an chuma uirthi go raibh sí ag fanacht le rud. Leis an mbás féin, b'fhéidir. Ag fanacht a bhí sí. Ní raibh a fhios aici céard leis.

Taobh amuigh, bhí a hathair agus a máthair ag fanacht. Ag fanacht go dtiocfadh sí amach. Ag fanacht go bhfillfeadh an Sara nua orthu. Ag fanacht a bhí siad ar fad. Í féin san áireamh. Ag fanacht leis an lá. Is fada, fada gur tháinig an lá. B'fhéidir gur milleadh gin an lae i mbroinn na hoíche. B'fhéidir gur ag lobhadh sa chré a bhí sé. An amhlaidh gur maraíodh é? Ina ghas óg i ndorchadas na hoíche.

Ach bhí an lá ag gealadh go mall anois! Bruscar solais cosúil le gloine chostasach a phléascfadh i scannán gan fhuaim. É ag leathadh isteach tríd an bhfuinneog bheag. Solas liath i dtosach. Mar a bheadh solas na gealaí agus í lán. Bhí an solas ag fás. É mar a bheadh fathach mór, bán ar leathshúil ag síneadh chucu. Ní dócha go n-éireodh leis an tArd Mór a shárú lena chuid solais. Ach bhí sé ag déanamh a dhíchill.

An leis seo a bhí sí ag fanacht? An ar mhaithe leis seo a bhí sí dílis di féin le fada? Le bheith ar aon leaba ansin le turcaí mór fir? An t-athrú seo a bhí ag tarlú, an raibh sé le deireadh a chur leis an seansaol? Bhí na súile ag stánadh uirthi. Ag dul tríthi. Ag faire. Mar a bheadh leannán ag iarraidh teacht i láthair de bharr é a bheith i bhfad ó bhaile. Nó an lá nua nach mairfeadh ach seal. An bás féin, nach raibh grá aige don bheatha? Leannán paiseanta a bhí sa bhás agus mífhoighid air de bharr a chuid drúise.

Caibidil 10

D'éirigh sí go ciúin, gan é a dhúiseacht. Chuir sí tochas inti féin faoin ngúna oíche a thug Nóirín ar iasacht di. Bhí a craiceann an-bhog. Ach ba le duine eile é. Bhí lorg na gcrúb fágtha ag an seabhac grinn inti. Shín duine eile léi. Chodail duine eile léi.

Bhí Gearóid agus Nóirín slán sa seomra beag thuas. Áit nach raibh cead aici féin a dhul. Áit nár leag sí cois riamh. Bhí an-mhilleán ar mo dhuine. Shín sé léi. Chodail sé léi.

Bhí mo dhuine an socair ar an leaba. É mór. Trom. Sásta. Ach é fíorshocair. Cosúil leis an lán mara. Agus na báid ag seoladh. Cá ndeachaigh sí? Sara. Cá ndeachaigh sí? D'imigh sí mar gheall airsean. Mar a rinne páiste Nóirín. Agus misneach Ghearóid. A chuid cneastachta breátha imithe de bharr na tútaíle. Ní raibh inti féin ach cailín eile. Ithe agus codladh. Sin a raibh le déanamh aici. Agus na fir a phógadh. Agus éisteacht le líomhaintí na ndaoine. Agus a gcuid milleáin. An triail agus an daorbhreith.

Bhí sí líonta go hiomlán aige. Agus d'airigh sí an t-olc agus an ghráin ag méadú inti de réir mar a bhí an síol ag snámh anonn agus anall ina broinn go dána. Míle préachán

135

ag gobaireacht ar gharraí a putóige. Nach garraí a bhí i bputóga na mban ar fad? Agus na fir ina bpréacháin ag piocadh sa chré ar thóir a gcoda.

Smaoinigh sí ar imeachtaí na hoíche. Ba léir go raibh taithí ag mo dhuine ar chraiceann. Ní grá a bhí i gceist, beag ná mór. Ach cáin a chuir sé uirthi go tiarnúil, míbhuíoch. Bhí pionós tuillte aige. Ní raibh Sara ar bith ann feasta. Cailín nárbh fhios cá raibh a huaigh. Ach ní raibh uaigh ag teastáil. Ní raibh corpán le cur ann! Bhí a gcuid faire déanta ag na daoine uirthi. Agus bhí deireadh le luí anois.

Ní raibh inti ach taibhse gan chónaí. Taibhse ag siúl na tíre, áit ar chuir an ghrian páiste an earraigh ar an saol. Áit a gcuireann an sagart beannacht le hanam na marbh sa gheimhreadh. Ba léir sin ar fad do Sara. Teacht agus imeacht na séasúr. Ba í drúis mo dhuine a chuir ar a súile di é. Rinne sí a bealach tríd an seomra go cúramach agus lagsholas na maidine ag éalú isteach tríd an bhfuinneog. Bhí an tua ar an adhmad sa chúinne. É balbh. Trom. Úsáideach. Thug sí an tua léi ar ais chuig an leaba. Chroch sí go hard é. Is beag nár bhuail sí faoi cheann de na bíomaí é. Ní cailín saonta a bhí inti. Ach ní raibh sí ciontach. Ba ise Sara. Bhí Sara tinn. Bhí a fhios ag an saol go raibh. Síos le faobhar an tua sa leaba. Fuaim faoi leith nuair a bhuail sé cliathán an fhir.

Sheas Sara siar le hiontas. Bhí an tua i bhfostú san fhear. D'éirigh scaird fola gur fliuchadh a gúna. Agus a héadan. Mar a bheadh cáca a phléascfadh dá mbeadh an t-oigheann róthe. Chuaigh arraing na péine trí cholainn Royston. D'oscail a dhá shúil de gheit. Stán sé uirthi go balbh. Bhí an scréach á múchadh ina scornach agus gan siolla ar a bhéal

136

ach é ar leathadh. An fhuil ag sileadh leis. Tost agus uafás. Tuiscint ar an bpeaca a raibh sé ciontach ann. An tuiscint sin ag dul tríd. Ó láimh Sara. Scaird fola. Agus an fhuil go tiubh. De bharr a chuid meáchain féin, nó lena chuid tola féin, b'fhéidir, sciorr faobhar an tua amach as an bhfeoil.

Bhí sí ciontach. Cinnte, bhí sí ciontach. Níor chreid aon duine í. Bhí amhras ar na daoine. Ní duine faoi leith a bhí inti. Ní raibh inti ach duine eile nach mairfeadh i bhfad. Í ciontach, lochtach. Rug an saol uirthi. D'ith sí a cuid. Bhí taithí aici ar an ngrá agus ar an marú. Bhí an grá agus an marú sin gan fuarú. Céard a bhí inti anois ach Sarah eile? Is i bhfuil na leapa sin a cuireadh deireadh lena saol. Agus an Sara nua ina suí tar éis chodladh na hoíche. Í beo. I measc na ndaoine. Í gan saoirse.

Mar bhí greim ag an nádúr uirthi. Agus ag síorathrú na séasúr. Agus ag na mianta collaí. Ach ní éireodh leo í a cheangal. Ach ansin, chonaic sí rud. Chonaic agus thuig. Ise a rinne seo. Cois adhmaid an tua go mín, trom ina láimh. An faobhar ag gearradh an aeir. Leis an gcodladh a mharú.

Lig sí scréach uafáis aisti a bhain macalla as leaca an tí. Bhí mo dhuine ag cur na súl tríthi fós. Agus creathán ar na liopaí. Ní raibh le feiceáil ach trua an bháis. Agus an salachar ag sceitheadh ón lot.

Bhí siad ag corraí thuas staighre. Go tobann, bhí solas an lampa sa dorchadas. Rud áisiúil, nua-aoiseach. Bhí Gearóid ag ceann an staighre ag iarraidh fios an achrainn. Idir iontas agus uafás air.

'Fan anseo!' arsa sé le Nóirín.

Ní raibh trua fiú ag Gearóid di. Ní anois. Ach múisc agus déistin air nuair a chonaic sé a bhfaca sé.

'A Sara!'

'Sarah!' arsa sise de scread. Í úrnua. Agus fuil na breithe ina spotaí ag triomú uirthi go fonóideach. Rith sí chuig an doras ach rinne sí dearmad cromadh. Bhuail sí a ceann. Pian. Casadh. Mearbhall ar feadh nóiméid. Bhí sí cosnocht ar an tsráid. Solas. Solas an lae. Agus na cearca amuigh go moch mar gheall ar an rírá.

'Sara!'

Go tobann, chuala sí glór a máthar agus doras cairr ag dúnadh tamall suas an bóithrín. Bhí a máthair ag fanacht léi. Faoi bhrat na hoíche. Agus faire. Ag feitheamh.

'Céard a tharla, a Sara? Céard a rinne siad ort?'

Is ansin a chonaic sí an fhuil. Fuil úr. Fuil fhliuch. Fuil duine eile.

'A Mham!'

Chaith Sara na lámha timpeall a muiníl. Bhí a máthair deas te mar a bheadh fána sléibhe ar aghaidh na gréine. Boladh milis, muinteartha uirthi. A cuid grá go láidir, cinnte. Rud a raibh fréamh dhomhain faoi. Phóg Sara a máthair go ceanúil ar a muineál. B'álainn an rud aithne an póige sin, mar is rud annamh a bhí ann.

Is í a máthair a bhí inti, agus bhí gaol acu le chéile ar bhealach nach raibh riamh cheana. Bhí siad mór le chéile. Bhí grá acu dá chéile. Leag an mháthair láimh ar an gcloigeann tinn ar feadh meandair. Bhí faoiseamh agus leigheas i bpóg na láimhe. Ach, go tobann, chuir an aithne sin uafás orthu. Scaoil an mháthair greim a hiníne. Chuir sí an bharróg ar ceal.

'Céard é féin?'

Chas Sara timpeall. Bhí Gearóid ina sheasamh ar an tairseach. Dath an mhilleáin ar a shúile agus na deora ar tí briseadh air. Fuil an fhir eile ar a lámha. Bhí sí ciontach.

138

Rith sí léi, agus d'fhág sí an bheirt ag stánadh ar a chéile go ciontach, balbh ar an tsráid.

Rith Sara léi síos an bóithrín. D'fhág sí a máthair ina diaidh. Isteach léi faoi dhíon glas na coille. Áit rúnda. Áit mhaith. Féith ghlas na coille. Ní raibh teacht uirthi san áit sin. Ach oiread le Sarah Seoighe, ní raibh uaigh ar bith aici. Bheadh an corpán le feiceáil. Bheadh an corpán le fáil. Cead acu í a thórramh agus a chur sa phríosún dá mba mhian leo é. Thiocfadh deireadh leis sin freisin. Bhí deireadh le faire anois. Bheadh deireadh le síneadh méire freisin. Bíodh an corpán acu agus fáilte. Bhainfeadh an corpán déirc den talamh. Bheadh cothú sa talamh más suarach féin. Ba mhaith léi gach rud a shlogadh. A gcuid bia. A gcuid bréag. A gcuid piollaí. A gcuid trua.

Sin acu Sara amháin. Tugaidís leo í agus fáilte. Ach bhí an Sara eile faoin gcoill. Ag éalú léi go háit gan ainm nach féidir locht a chur ar an anam ann. Áit nach mairfeadh an cholainn ar déirc ná ar fhómhar na talún. Is beag cothú a bhí le fáil sna garranta. Bhailíodh na mná fuíoll na mbarr i ndiaidh na spealadóirí. Chaitheadh na fir dua ag cur an tsíl.

Bhí sí ina Sara arís. Ní Sarah eile. Sara. Í úrnua. Gan fear. Gan aon rud. Ach a hanam ar foluain go héadrom, míshocair san aer gorm. Bhí an t-anam sin ag leá ó d'ith sí úll na haithne. Ní raibh fágtha di ach na cnámha agus an fheoil a bhféadfadh na fir scrúdú a dhéanamh orthu. Bhí a hóige ag éalú uaithi tríd an raithneach agus tríd an gcoill. Bhí an féar glas ina luí sna garranta mórthimpeall uirthi. Féar agus é bainte. Agus gan duine ann lena fheiceáil.

Gluais

amharc	sight, view
anáil	breathe
annamh	unusual, rare
ardnósach	snobbish, stuck up
ascaill	armpit
baithis	forehead
ball	limb
ar ball	a while ago, in a while
ar bís	all excited
borb	short-tempered
braillín	sheet
briosc	dry, irate
bródúil	proud
canúint	accent
caordhearg	bright red
catach	curly
céasadh	torment
cíoch	female breast
coca féir	haystack
corraí	move
cromadh	bending
dathúil	good-looking, pretty
deargadh	light a cigarette
díograiseach	intent, determined
dreoilín	wren
dris	briar
drochmheasúil	contemptuous
drogallach	reluctantly
ar fán	wandering
faobhar	cutting edge
filleadh	fold

fógairt	shouting
fonn ar	feel like
gáirsiúil	lewd, lascivious
gobadh amach	sticking out
go hiondúil	usually
leamh	insipid, tasteless
leas	benefit
leathadh isteach	filtering through
leathchraiceáilte	half-daft, mad
lioctha	crooked and worn
lorg	print, track
luaithreadán créafóige	an earthenware ashtray
mallacht	curse
matal	mantelpiece
meangadh	smile
méaracán an phúca	foxglove
mífhoighdeach	impatient
go mion	minutely, thoroughly
míorúilt	miracle
míthuiscint	misunderstanding
moch	early in the morning
móta	ditch
múineadh	manners
múisc	nausea
mullach	crop of hair
plúchta	smothered
postúil	uppity, arrogant
pus	a long face
scaladh	shining
sciuird	a short trip
scríob	scratch
spléachadh	glance
stánadh	staring
stangadh	shock
strainc	a frown

straois	leer
suaimhneas	quiet, peace
tocht	lump in the throat
torthúil	plentiful
tur	dry, humourless
urchar	bullet, missile

Caibidil 2

achrannach	troublesome
amhras	suspicion, doubt
aoibhneas	bliss
as alt	incongruous
ascaill	armpit
beairic	barracks, police station
biseach	improvement
bleán	milking
bodach	burly man
bodóg	heifer, young wman
bonnán	car horn
bréan de	sick and tired of
buíoch	grateful
cadás	cotton
cailleach	old hag
ceanúil	affectionate
corrcheann	the occasional one
coscáin	brakes
críonna	wise
crúba	paws, claws
cuimilt	rubbing, caressing
dá huireasa	without her
daingean	solid
dair	oak
dearcán	acorn

déistin	disgust
diúltaigh	refuse
easnacha	ribs
faiche	square
fairsing	large, spacious
fáscadh	pressing, squezing
fiosrach	inquisitive, nosy
focal scoir	parting word
fonóideach	scoffing, mocking
fosaíocht	grazing
freastal	serving/service
gal	drag/pull on a cigarette
glórach	loud, vociferous
go fuinniúil	enthusiastically
go magúil	jokingly
greann	humour
i leataobh	to one side
leathmhala	one eyebrow
ligh	lick
líofa	fluent, natural
maslach	insulting
meánaosta	middle-aged
meirbh	close, sultry (weather)
míthuiscint	misunderstanding
múisc	nausea
ógfhear	young man
óigeanta	youthful
osna	sigh
plaic	bite, lump
pléasc	explosion
pluca	cheeks
postúil	arrogant, stuck-up
raic	trouble, disturbance
rialta	regular
ríméadach	delighted

sáigh/ag sá	stab/stabbing
sáil	heel
sáraíocht	haggling, debating
scréach	cry, scream
scuaid	blob
sióga	fairies
slacht	good looks
sliocht	offspring
smid	spoken word
sochraid	funeral
spalpadh	beaming
stánadh	staring
straois	leer
tairiscint	offer
tíriúil	rural, uninhibited
tnúth le	looking forward to
tochas	itch
tost	silence
tracht	traffic
tréigthe	abandoned

Caibidil 3

áiléar	loft, attic
aineolach	ignorant, unaware of
aiteann	gorse
aol	lime
ar éigean	hardly, with difficulty
arbhar	cereal, crops
beathaigh	feed
brat	rug, mat
briosc	brittle
cáineadh	condemn/condemning
cairdeas	friendship

cairtchlár	cardboard
carn	pile
catach	curly
ceartlár	very centre
ceistiú	questioning
cloí	overcome, conquer
cnead	groan
cneas	skin
cneastacht	kindness, tenderness
cogar	quiet speech
cromadh	stoop, bend down
cúng	narrow
cúngaigeanta	narrow-minded
dallamullóg a chur ar	hoodwink
dea-mhéin	good will
díspeagadh	belittling
draighean	blackthorn
drochbhail	in poor condition
drochmheasúil	contemptuous
drochrath	bad luck
drogallach	reluctant
duilliúr	foliage
éiginnte	unsure
feall	injustice, wrong
feasach	knowing
féileacán	butterfly
féith	vein
feithidí	insects
féithleog	honeysuckle
fíochmhar	fierce
fionnuar	cool
fiúntach	worthwhile
fód	earth, sod
formna	bench, trunk
foscúil	sheltered

gealgháireach	good-humoured
glógarsach	cluckingof hens
glúin	generation
goile	stomach, appetite
goill/goilliúint	hurt emotionally
i dtaca	in support
iargúlta	remote, backward
idir dhá chomhairle	in two minds
íochtar	lower part
ísle brí	weakness
ispíní	sausages
léargas	clarity
leas	benefit, good
leasú	fertilising/fertiliser
luascadh	swinging
macalla	echo, reverberation
maorga	gracious, stately
matán	muscle
meá	scales
mearbhall	dizziness
mias	basin
milleán	blame
míorúilt	miracle
míshlachtmhar	untidy
muiceoil	pork
naomh	saint
pluais	cave
plúchta	smothered, overgrown
póirseáil	rummaging
polláirí	nostrils
port	tune
putóg	gut
raic	disturbance
rúid	rush
santach	greedy, hungry

saonta	innocent, gullible
saothraigh/saothrú	endure/enduring
satailt	stamping, treading
screamh	crust
seoda	jewels
sioscadh	whispering
slíocadh	caressing
smál	stain
smaointeach	pensive, preoccupied
sméara dubha	blackberries
snaidhm	knot
somhillte	delicate
stró	effort, endeavour
stuama	steady, reasonable
suarach	insignificant, mean
teasaí	impetuous, hot-headed
tocht	lump (in throat)
trácht	traffic, passage
treabhadh	ploughing
treoir	directions, guidance
tua	axe
ualach	load, abundance

Caibidil 4

aighneas	disagreement, trouble
aineolas	ignorance
airdeallach	careful, vigilant
anmhaidin	the wee hours
ar chosa beaga	tiptoes
ar tí	about to (do something)
bacadh	heed, take notice of
bácús	oven
beo	nerve

burla	bundle (of paper etc)
candaí	large pieces of bread
cantal	bad temper
canúint	accent
carthanacht	charity
casacht	cough
ciallmhar	sensible
cíoradh	comb
ciotach	awkward
coicís	fortnight
coilleadh	castrate
comhluadar	company
corpán	dead body
cráite	tormented
creimeadh	corroding, eroding
crochadh	lift
crúbáil	pawing
cruimheanna	worms
d'éag	waned, weakened
darach (dair)	oaken
dathúil	good-looking
draíocht	magic
driseacha	briars
eascaine	swear, curse
fánach	easy, unthinking
faoiseamh	relief
fáscadh	squeeze
fírinneach	truthful, sincere
fuarchúiseach	cold, callous, calculating
géilleadh	yield, give in
gin	foetus
gíoscán	squeaking
guaim	restraint
gual	coal
i bhfostú	stuck

i ndeireadh na feide	out of breath
iarsmaí	relics
lá arna mhárach	next day
lagmhisneach	disillusionment
lán glaice	a fistful
leagtha suas	knocked up, pregnant
léargas	insight, lucidity
leath-thachta	half-choked
lota	loft, upstairs room
luibheanna	herbs
máguaird	surrounding
maighdean	virgin, young girl
meirgeach	rusty
nua-aimseartha	modern
pearsa	person
puiteach	mud
riachtanais	requirements
rian	trace, track
sáil	heel
sáith	enough
satailt	treading, walking on
scamhóga	lungs
sceitimíní	excitement
séan	deny
seancheirt	old rag
sinsir	ancestors, forebears
síolrú	breeding, multiplying
slíocadh	smoothing, caressing
sloinne	surname
smior	marrow
snasta	shining, polished
soineanta	innocent
sroich	reach
suaimhneas	quiet, peace
tacaíocht	support

tairseach	threshold
tearmann	sanctuary
tochas	itch
toil	will
údarásach	authoritative, confident

Caibidil 5

aiféala	regret
anlann	sauce
anraith	soup
aoibhneas	delight, pleasure
ar buile	raging, furious
ar leathadh	gaping
ascaill	armpit
béasach	well-mannered
biseach	recovery from illness
bonn	tyre
buartha	worried
ceangal	bond, connection, link
ceanúil	affectionate
ciontach	responsible, guilty
ciseach	mess
cliabhán	basket
cliniciúil	clinical
coimhlint	struggle, battle
cuairteoirí	visitors
cúirtéiseach	courteous
dá bhfuireasa	without them
dála an scéil	by the way
damnú	damn!
dánaíocht	daring, outspokenness
díomá	disappointment
docht	tight

drochaisteoir	a poor actor
eolach	knowledgeable
gal	puff/ pull, (of steam)
giall an dorais	the door-frame
greannmhar	funny
iarsma	relic
imeacht le haer an tsaoil	gadding about
lámh in uachtar	upper hand
leathmhaing	leaning, lopsided
luach	worth
maor	steward, guardian
matal	mantelpiece
meicniúil	mechanical
meitheal	group of workers
mífhoighdeach	impatient
milseacht	sweetness
mín	smooth
misneach	confidence, courage
muca allta	wild pigs, boars
óinseach	stupid woman
pingin rua	a single penny
rásaíocht	racing, hurrying
roth pollta	puncture
scéin	fright
seascach	infertile period
slacht a chur ar	tidy, make neat
smaointeach	pensive
smidiríní	tiny pieces, smithereens
sóinseáil	change
staic	something motionless
stuama	level-headed, sensible
tocht	lump in the throat
tormán	noise
tráithnín	blade of grass
tráthúil	timely, well-timed

tuisceanach	understanding
uaigneach	lonely, lonesome

Caibidil 6

allas	sweat
anáil	breathe
ata	swollen
baithis	forehead
barróg	hug
béicíl	shouting
beocht	life
briosc	curt
broinn	womb
brollach	breast
caidreamh	intercourse
caoithiúil	nice, proper
carnán	pile
ceartlár	right in the middle
ceobhrán	drizzle
cíoch	female breast
ciotach	lame, awkward
claí(ocha)	fence(s)
cliabhrach	chest
cnag	knock (on door)
cneadach	groaning
cneastacht	kindness
colainn	living body
comhluadar	company
cosaint	defend
cóta níolóin	nylon coat
crann féithleoige	honeysuckle
cromadh	stoop, bend
cuidiú	help

cuisneoir	fridge
cúthail	shy
dea-mhéin	good will
díreach (níos dírí)	(more) straight, frank
dorchadas	darkness
drochnósanna	bad habits
dúr, díograiseach	sullenly and intently
faoiseamh	relief
fiántas	wildness
fíbín (a bheith ar)	acting capriciously
fírinne	truth
fuarbháisteach	cold rain
fuath	loathing
fuinniúil	bright, blazing
fulaingt	suffering
gach re nóiméad	alternately
geit	fright
giall	jaw
gíog	sound
glógarsach	cluckingof hens
grabhróga	crumbs
i bhfostú	stuck, caught
i mullach a chéile	one on top of the other
iachall	obligation, onus
lách, cneasta	kind and gentle
laige	weakness, failing
lántorthúil	very fertile
lasair, lasracha	flame(s)
leac(a)	stone(s), slab(s)
leata	wide
leathmheandar	a short moment
leiceann	cheek
locht	fault
luascadh	swinging
macalla	resonance, echo

matáin	muscles
matal	mantelpiece
meallta	seduced
meánaosta	middle-aged
meirfean	dizziness
meisciúil	intoxicating
mian	desire
mullach catach	curly head of hair
naimhdiúil	hostile
neadaithe	nestling
neamhurchóideach	with malice
neartaigh	strengthen
nua-aimseartha	modern
olann/olla	wool/woollen
pléasc/pléascadh	burst/bursting
plúchadh	stifling
pluid	blanket
réchúiseach	calm, easy-going
riastradh	convulsions
santú	desiring, coveting
saonta	simple, gullible
scioból	shed
searbh	sour
searbhasach	sarcastic, bitter
searradh	shrug
sileadh	dripping
sleamhain	smooth, slippery
slíocadh	caressing
smid	sound
snaidhm	knot
somhillte	fragile, delicate
spaisteoireacht	strolling
splanc	spark
stánadh	staring
suíochán	chair, seat

tairseach	threshold
teagmhaigh	touch
teallach	hearth
tiománaí	driver
tionchar	influence
tíriúil	rustic, earthy
tocht	mattress
tóir	demand
tost	silence
trá	ebbing
trácht	traffic
tur	dry
turasóirí	tourists
uafás	fear
ucht	breast

Caibidil 7

ábhar fir	a possible boyfriend
achainí	plead
aoire	shepherd
ar éigean	only just,
bacach	lame
baithis	forehead
bánaithe	depopulated, empty
básta	waist
bioráiníní	tiny pins
brat allais	covered in sweat
bréagadh	win over, entice
camóg	comma
canda	large piece of bread
cearr	wrong
ceilt	hide, dissimulate
ciontú	find guilty

cipín	twig
clochar	convent
cogaint	chew
corróg	hip
cothabháil	sustenance
crith	shake
cruas	hardness
crúbáil	groping, handling
crúsca	jug
cruthúnas	proof
cumha	longing, nostalgia
de dhíth	lacking, wanting
ding	wedge
doirt	spill
dólás	tribulation, sorrow
drogallach	reluctant
drúcht	dew
easnacha	ribs
fáscadh	embrace
fathach	huge man
formna	bench
fuineadh	kneading
gin	conceive
gíoscán	squeaking
glan na fírinne	the plain truth
gnáthphlúr	ordinary flower
goile	appetite
gualainn	shoulder
ionga	nail
ladhraicín	little finger
laoch fir	a hero
léargas	light, clarity
leathbhearna	a half-gap
leithleasach	selfish
leithscéalach	apologetic

lomnocht	stark naked
luchain	mice
machnamh	reflection
meacain dhearga	carrots
meicniúil	mechanical
meirbh	warm, close
mianach	texture
míchairdiúil	unfriendly
míshocair	restless
móinéar féir	a grassy meadow
mórchúiseach	self-important
muinteartha	familiar, comforting
múisc	nausea
neamhbhuan	impermanent, transient
neantóga	nettles
nocht	naked
ordóga	thumbs
priocadh	prick
puiteach	mud
rúitín	ankle
rún	secret
salm	psalm
samhlaigh	imagine
saothrú	earning
scannán	film
scaradh	spread out
scáth(anna)	shadow(s)
scrúdú	examining
séideadh	blowing
splanc chéille	an ounce of sense
sracfhéachaint	glance
sreangán deilgneach	barbed wire
stiúgtha	starving
suan	slumber
taise	damp

taos	dough
tarracóir	tractor
tochas	itch
toim	bushes
tóraíocht	search
tráidire	tray
tréaniarracht	great effort
triomaithe	dried
truaillithe	corrupt, polluted
tuilleadh	more
urchóid	malice
vardrús	wardrobe

Caibidil 8

achrann	trouble
aineolach	ignorant
alltacht	wildness
amhrasach	suspicious
anam	soul
ar crith	shaking
ar mire	mad
ball dearg	red mark
banaltra	nurse
beannachtach	very grateful
bitseach	bitch
bob	trick
bodach	big clumsy man
borb	coarse, abrupt, rude
bréagach	untruthful, fake
bréagadóir	liar
breithiúnas aithrí	act of contrition
búir	roar
bunús	basis

caoch	dark, blind, fruitless
céadfa(í)	sense(s)
ceann foirne	leader
ciapadh	torment
cliseadh	let someone down
cloíte	defeated
cos ar bolg	tyranny
creathán	vibration, shaking
croiméal	moustache
cur i gcéill	pretence,
dallamullóg	deceit
díbirt	expel, drive away
dímheabhrach	unintelligent
dóchas	hope
drochmhianach	weakness of character
éadóchas	desperation
fánach	stray, casual, infrequent
faobhar	sharp edge
feic	a sight
feitheamh	waiting
fial	giving, generous
fíorú	come true
fód a sheasamh	stand one's ground
folúntas	emptiness
fonóideach	taunting
foréigean	violence
fuarallas	cold sweat
fuílleach	excess
gabhar beathaithe	a fattened goat
gathanna	rays
géilleadh	yield
giaranna	gears
giorraisc	short, monosyllabic
gíoscán	squeak, screech
grideall	griddle

grinn	observant
in aghaidh a tola	against her will
in ard a ghutha	out loud
íobairt	sacrifice
leathadh	spread, open wide
luachair	rushes
luaith	ashes, cinders
máguaird	surrounding
maiteachas	forgiveness
marbhánta	groggy, lifeless
meirg	rust
mioscaiseach	contemptuous, acid
móinéar	meadow
nádúr	good nature
naomh	saint
nathair sholais	snaking beam of light
neamhní	nothing
neamhspleách	independent
neamhurchóideach	with bad intention
oibriú boilg	stomach trouble
osna	sigh
peacach	sinner, sinful
pearsa	person
piachán	hoarseness
pictiúrlann	cinema
pisreogach	superstitious
rian	trace, hint
saighdiúirí gallda	foreign soldiers
sceana	knives
sceilp	slap
screadach	screaming
síneadh	lie down
slán	whole, unscathed
slogadh	swallow
snáthaid(í)	needle(s)

strainc feirge	an angry scowl
suarach	mean
taobhú	side with
teacht aniar aduaidh	catch someone unawares
thar fóir	exaggerate
toil	will
trodach	belligerent, pugnacious
truacánta	pathetic
tuairisc duine a chur	ask for someone

Caibidil 9

aduain	strange
anonn	over to
bantracht	women
bíogadh	come to life, sit up, start
bogchneadach	gentle grunting
brath	feel
bréan	dirty, soiled
bruscar solais	streaks of light
cáil	fame, renown
ciseán	basket
cneasaigh	heal
cogarnach	whispering
cónra	coffin
daingean	solid
deis a thapú	seize an opportunity
dícheall a dhéanamh	do one's best
dílis	faithful
diúl	suck
docht	tight
drúis	lust
eorna	barley
gabhal	crotch

gas	stalk
gealadh	getting bright
gin	beginning of human life
graosta	lewd
idir dhá néal	dozing
is léir	patent, obvious
leannán	lover
lobhadh	rot
lón tine	fuel for the fire
maorga	noble
místuama	awkward
múscailt	arouse
nimhneach	painful, sore
nuabheirthe	new-born
paiseanta	passionate
riachtanach	necessary
san áireamh	including
santach	covetous, greedy
sárú	overcome
scaird fola	a spurt of blood
seafóideach	silly
seascach	infertile period
smál	stain
spealadóir	mower
spréite	outstretched
srannadh	snoring
tathaint	beckoning
tíoránach	tyrant, oppressor

Caibidil 10

annamh	rare, infrequent
arraing	dart of pain
balbh	dumb, mute

barróg	hug, embrace
biomaí	beams, rafters
brat na hoíche	the cloak of night
cáin	tax
ciontach	guilty, responsible
cliathán	side (of person)
cosnocht	bare-foot
cothú	sustenance
cuid (coda)	portion/ration
daorbhreith	condemnation (of court)
déirc	alms, offering
díon	roof, protection
dua	strain
faire	observe, watch
faobhar	cutting edge
faoiseamh	relief
féith	vein
fómhar	harvest
fréamh	root
fuíoll	excess, remains
geit	lurch, fright
gobaireacht	picking at (with beak)
gráin	loathing, hate
grinn	sharp-eyed
imeachtaí	events
lán mara	high tide
líomhaintí	claims
lochtach	faulty, at fault
lorg na gcrúb	claw marks
meandar	moment
mearbhall	dizziness
mianta collaí	carnal desires
míbhuíoch	ungrateful
milleán	blame, retribution
mórthimpeall	surrounding

muinteartha	familiar
múisc	nausea
olc	evil, badness
putóg	intestine
raithneach	fern
salachar	mess
saoirse	freedom
saonta	simple, innocent
sciorradh	slide
seabhac	hawk
síneadh méire	pointing the finger
siolla	sound, word, syllable
síorathrú	ever-changing
slán	whole, unscathed
socair	still
taibhse	ghost, spirit
taithí	experience
tiarnúil	domineering, lordly
tórramh	wake
tua	axe
tútaíl	misbehaviour